满庭芳文萃

泥清土香

陈占超 著

中国纺织出版社有限公司

内 容 提 要

《泥清土香》的作者把真实的生活和对生活的思考融为一体，用"沾着泥土""带着温度"的文字，去展现山水之美、风物之美、奋斗之美和人物之美，从纸面直指人心。

图书在版编目（CIP）数据

泥清土香 / 陈占超著. —— 北京：中国纺织出版社有限公司，2024.2

（满庭芳文萃）

ISBN 978-7-5229-0965-3

Ⅰ. ①泥… Ⅱ. ①陈… Ⅲ. ①散文集—中国—当代 Ⅳ. ①I267

中国国家版本馆CIP数据核字（2023）第232473号

责任编辑：郝珊珊　　责任校对：王蕙莹　　责任印制：储志伟

中国纺织出版社有限公司出版发行

地址：北京市朝阳区百子湾东里 A407 号楼　邮政编码：100124

销售电话：010—67004422　传真：010—87155801

http://www.c-textilep.com

中国纺织出版社天猫旗舰店

官方微博 http://weibo.com/2119887771

北京虎彩文化传播有限公司印刷　各地新华书店经销

2024 年 2 月第 1 版第 1 次印刷

开本：880×1230　1/32　总印张：64.75

总字数：998 千字　总定价：600.00 元

植身泥土方能根深叶茂

收到作者的文稿已有多日，我却迟迟未能动笔。所谓迟迟没有动笔，不仅仅指为占超的散文《泥清土香》作序，我几年前就开始创作且已写了大半的长篇小说，也一直搁置在案头。

按理说，在这长长的、时断时续的"抗击疫情"的日子里，读书与写作对于一个作家来说，总是再相宜不过的事了。那么，我陷入这样的困境，原因又是什么呢？

在一个泛知识文化内容高速生产、各种信息以几何级式爆炸的时代，当下的文学也正在遭遇前所未有的挑战。在新媒体的冲击之下，不仅传统文学的读者逐年锐减，就连传统文学作家的创作热情，也在经受着空前的考验——图像时代正在改变着文学作品的受众模式，它让人们的注意力很难再专注于形式单一的纸质文字。

在承认了这一事实的前提下，我深为《泥清土香》作者这种献身文学的精神，以及创作热情而感动。陈占超，自幼畅饮颍河水、沐浴颍谷河川的阳光雨露长大，走上工作岗位后，始终没有离开过脚下的这片土地。二十余年来，他对家乡的风土人情了然于心；他和这片土地上的父老乡亲共同经历了中国农村翻天覆地的变化；他在纯朴善良的山乡民众身上，看到了未来和希望，获得了勇气和动力；这也让这位深具文学功底的业余作家，拥有了取之不竭的创作源泉。

文学作品负载着作家深沉的生命意识和社会责任。同理，文学创作更离不开对时代气象的把握和观察，以及对个体经验的凝视与思考。而作为一种以灵活性、包容性见长的文体，散文更不例外。《泥清土香》的作者，不仅驾轻就熟地运用了这一文体，更难能可贵的是，他能从日常生活中寻找主题、题材，并汲取诗情画意，同时写出新意来。

他将生活在这片乡土上的人和他们身上发生的事，诉诸笔端，用独特的语言写出了笔下人物动人的奋斗故事和绚丽的时代光彩。

他通过文字把真实的生活现场和思想感情融为一体，用沾着泥土、带着温度的文字去展现中华优秀传统文化中的山水之美、风物之美、奋斗之美和人物之美，从纸面直指人心。

如果说能把日常题材和身边生活写出新意来是不易的，那么，要把行走中的所见所闻写成散文，最需要的是作者对山水风物的感知能力。

《情寄五指岭》《神话磨沟》《走进马窬村》《相约阿婆寨》《记忆中的凤凰古城》《"神笔"王铎故里行》等文，是作者将视线聚焦在近年来行走、历经过的山水风景中的作品。风景散文的出彩之处，在于人与自然的深度交流。因此，要想写好一篇风景散文，更需要作者有一颗"动中的静心"。这些文字充满了朴素的深情，或自在随性，或行思坐想，或深思笃行，或远瞻回眸，都以饱满的激情回应着天地间山水草木的秀丽，在对人事体验的感知中闪耀出智性，同时，也显示出作者对生活的观察敏锐而深刻，以及文字富有现实感和表现力、亲切感和丰富性。

"文学即人学"，前辈们之所以认同这一观点，是在对古今中外文学作品研究后得出的结论——文学把人和人的生活当作一个整体，多方面地加以呈现——人之为人的生活，除了衣食住行要消耗物质产品之外，还有精神生活方面的需求，以此来涵养自己的心性。在我们的一生中，可以不信仰宗教，也可以不深究哲学，但是我们回避不了文学艺术——文学艺术是普通人生活的心灵慰藉和自觉途径，是化育人性、启迪人心、"润物无声"的春雨。因此，人类作为有灵性的生命存在，就需要通过文学艺术来唤醒"存在"的觉悟和生命意识。

人至中年，往往会因为成长和太多的经历而很少再有那些"见花落泪，对月伤心"的心境。而《我家的饺子情》《回家过年》《我家有孙初长成》等篇章，却让作者一再泪目，也让人读后透过文字的表象回味无穷。这种效应，出现在本不注重人物形象塑造、曲折情节设置的散文中，也算是可圈可点的另一大亮点。

我与占超相识多年，记得初次相识，是在一次文学年会中。会上我受邀作过一次简短的发言，即兴讲了一些关于文学创作的体会——具体内容我早已淡忘，不料竟被有心的作者写进了他的作品里。之后，我们时有电话、微信来往。在他的身上，我看到了一位业余作者的热情与活力，还有他对身边事物的专注与留心，尤其是在乡镇繁忙、具体的工作之余，他的文学初心不改，而且用情至深，终于用文学铸就了他的精神领地。

文学艺术存在的方式历来是以生命个体为本位的。文学作品的生产无疑也是极其个体化的实践活动——用怎样的方式去创作，考验着每一个怀揣文学梦想的人，也考量着每一个写作者的诚心和耐力——这是谁也逃避不了的历练过程。平凡如我们，将以怎样的方式和态度面对文学？走上通往成功的小路，对任何一个文学人来说都堪称一项艰难而巨大的"工程"——谁也无法讲出自己成功的秘诀，更难得出简单的答案。而有的人，或许永远充满了悲情的执着和无尽的煎熬与冲突……

陈占超的创作，让我看到了文学的力量和希望。掩卷许久，我依然思绪绵绵，久久不能释怀。创作本身固然艰辛，但也充满了快乐。因为在这个过程中，真正考验我们的是矢志不渝的初衷，以及当内心悸动时与日俱增的承受能力。也许，我们无法抵达理想的终点，但我们依然会锲而不舍地追求这种美好的梦想。因为这正是所有文学人所向往的"诗和远方"。

韩达
2022 年夏于焦作

目录

荷　缘

　　一颗饱满的莲子，深深地浸入池塘中，在浊水、污泥中艰难地挣扎，渐渐地生出一丝丝须根，在水面上慢慢露出一片片嫩芽，迎着初春的阳光雨露，昂扬向上一点点伸展，一寸寸长壮，一尺尺拔高，在灿烂的阳光下惬意舒展，尽情歌唱。历经风雨的青莲，时而静默，时而嫣然，时而超凡脱俗，时而高贵淡雅。

　　沐浴春风，绽蕾吐苞的荷花，犹如待字闺中的少女，犹抱琵琶半遮面，羞羞答答，扭扭捏捏，始终不肯露出那天仙般的笑容。特别是那刚刚冒出水面的嫩荷花蕾，就像婴儿紧握着的小拳头一样。

　　待到酷暑炎夏时，只见满池的绿叶中，一枝枝荷花亭亭玉立，像娇羞的仙女一样，满脸绯红，微微含笑，正似那"小荷才露尖尖角，早有蜻蜓立上头"。姹紫嫣红的荷花，粉红的花瓣、金黄的莲须、嫩绿的莲房，还有那一片片碧绿的大圆盘作陪衬，她们仿佛一群披着轻纱的女郎在碧波荡漾的清池中随风翩翩起舞，风姿绰约，婀娜多姿，恰如那"接天莲叶无穷碧，映日荷花别样红"。每一朵荷花都有独特的韵姿，有的彬彬有礼，有的盛气凌人，有的孤芳自赏，有的一枝独秀，有的鹤立鸡群……

仁立在凉亭下，凝视着碧波涟漪的池塘，只见微风吹拂着青青荷叶，轻轻地拍打着水面，掀起了一层层墨绿色的波纹。风雨过后，荷叶上滚动着一些白花花的水珠，真像一颗颗晶莹剔透的珍珠洒落在碧绿的玉盘中，在阳光下闪闪发光。微风舞动荷叶，水珠就在绿盘上滚来滚去，时而大珍珠散成了小珍珠，时而小珍珠又合为一颗大珍珠……自然界真是奇妙无比啊！

清凉的秋风带走了荷花的清香和美丽，也捎走了它的青春芳华，池塘里只剩下一株株残荷、一片片枯叶漂浮在水面上。美丽的姑娘划着轻舟，徜徉于荷叶中，纤纤玉指轻采莲蓬。船在水上走，人在画中游。隆冬的严寒更使荷花默默地垂下身子，将自己深深埋在一片淤泥之中，逐渐变成了肥沃的土壤，为来年荷花的盛开做出伟大的奉献。

荷花，以她的素净纯美、高洁清妙、朵朵娉婷、清香远溢、凌波翠盖、水映花屑、满池清香，引得了十万狂花如梦寐，痴荷爱荷万人随。

偶然于碧波荡漾的湖边，遇见了一枝清水芙蓉，从此便与荷花仙子有了不解之缘。短暂相伴，心灵相牵；匆匆别离，柔情相连。在我心里有了美好的瞬间，她的聪颖内秀、亭亭净植、宛然音容、文雅举止便牢牢印在我的心间。美哉，荷花；靓哉，花仙。她出淤泥而不染，比牡丹多了一分素雅，比芍药多了一分幽静。

经常徜徉于青山绿水之间，总会不经意地被池塘中的荷花惊艳。荷仙的纯真、坦诚、美丽、幽娴、静雅、柔情，解开了我尘封数年的情欲心结，我动心了，心颤了，语迟了，着迷了，如痴了……这不是萍水相逢，逢场作戏，而是缘定三生，相见恨晚。这就是情意，这就是爱恋。由荷结缘，笑在脸上，甜在心里。

> 你就像荷花无欲无求，洁净无瑕，
>
> 高雅脱俗，率真贤淑，
>
> 虽非貌若天仙，却也质朴可爱；
>
> 虽不会甜言蜜语，却有清香萦绕心怀。
>
> 荷仙，女神，荷花，真爱。
>
> 珍爱一生，牵手一世，
>
> 虽不能给你荣华富贵，
>
> 但会用心培植，精心呵护，
>
> 爱恋终生，幸福与共，惺惺相惜。

晨雨森林恋春光

　　一株株顶天立地的箭杆杨树昂扬向上、直冲云霄，一条条水泥铺成的林荫小道蜿蜒曲折、曲径通幽，崎岖延绵地通向了森林的深处。在蛟马岭坡顶郁郁葱葱的密林之中，有一池碧绿的清水，它就像一面明亮的镜子一般，镶嵌在了苍茫的天地之间，为这片蓝天润土增添了几分秀美的姿色。

　　一群群叽叽喳喳的灰色麻雀不知从何方蜂拥而至，齐刷刷地栖落在绿茵茵的杨树枝上，欢快地奏起了一组组高亢嘹亮的生命交响曲。在浩瀚无垠的天空中，有几只黑白分明的花喜鹊成双飞舞，并不时地发出喳喳喳的嬉笑声。它们时而展翅飞翔，时而栖落枝头，时而俯冲落地，时而在草地上嬉戏。有两只还旁若无人地在那里搔首弄姿、大秀恩爱呢。

　　忽然，由远而近地传来了一阵阵嘎嘎嘎的鸣叫声，抬头一看，只见一只羽毛华丽、脸颊绯红、绿颈环白的横斑长尾巴公野鸡，携着一只褐羽色暗、尾羽短小的母野鸡迎面飞来,落在了一棵杨树茂密的树荫下。公鸡用它那粗壮尖利的爪子使劲地扒拉着厚厚的草丛和树枝,母鸡则在后面咯咯咯地叼着干枯的草籽,品味着那鲜嫩可口的茎叶。公鸡还不时地左顾右盼,警惕地注视着四方,然后用亲昵的目光注视着正在觅食的母鸡,母鸡则心安理得地享受着伴侣深情的关照和无限的爱恋。

恍惚之间,有一只调皮的野兔从一片树丛中钻了出来,蹦蹦跳跳地跃上了路面。它先是使劲地抖了抖身上的草屑,掸了掸四只脚上的尘土,然后用一只前爪抹了一把眼睛,用狐疑的目光警惕地环视了一下四周后,又倏地跳入了一片荆棘丛生的树林之中,眨眼就消失得无影无踪了……这一组组自然和谐的秀美画面清晰地出现在天地山水之间。

阳春四月,空晴日朗,万里无云,和风徐徐,我和几位朋友信步走进了位于登封市唐庄镇蛟马岭脚下的晨雨森林。我们尽情地徜徉于这片苍翠欲滴、山明水秀的山水之间,怡然自得地来往于郁郁苍苍、葱茏葳蕤的密林之中,游走于沟壑纵横、草长莺飞的田间地头,逍遥自在地漫步在百花盛开、万象更新的植物园中。

正在恍惚间,忽遇一阵清风拂面,我情不自禁打了个寒噤,就地驻足闭目,轻吸慢吮,顿觉头脑清新、心旷神怡,立刻就心智大开、浮想联翩。

置身于这座春风荡漾、碧浪滔天的茫茫林海中,我惊喜地发现,这里的秀美春色,就像公园里那一张张绽蕾吐苞、争奇斗艳的少女笑脸，也是湖边那一根根泛着淡绿的柳枝在舒展筋骨、吐露青丝，更是草坪中那一棵棵萌动的草儿睁开了惺忪的睡眼，偷偷地看这千奇百怪、神秘莫测的花花世界。

春天一如既往地光顾了这座森林王国，美丽的大自然女神一觉醒来，就优雅地在梳妆台前缓缓地梳洗打扮。她把凝住的河水一下一下地"梳"开来，把姹紫嫣红、婀娜多姿涂抹在了广阔无垠的大地上，把辽阔的天空清洗得明澈湛蓝、白云袅袅，把乌云轻轻拨开，远远地抛掷在了大山的后面。她让明媚的阳光普照着大地，让和煦的春风吹拂着世界，让清澈的雨露滋润着万物生灵……因此，人们都爱春天，爱她的万物复苏，爱她的春意盎然，爱她的生机勃勃，爱她的百花争艳。

我站在蛟马岭高处瞭望四周，满目苍翠，满鼻清香，满脸清爽，满身清凉。举目南望，郑少洛高速公路由东向西通向了远方，焦桐高速公路穿过了蛟马岭的脊梁；向北张望，纸坊湖、三官庙与搬倒井、范家门接壤；极目向东远眺，只见郑少洛高速公路车水马龙、交通通畅，唐庄镇区内中心、玉溪、白云等社区高楼林立、青砖红墙，农贸市场里熙熙攘攘，大唐路、玉溪路行人如织，到处呈现出一派欣欣向荣、蒸蒸日上的繁华景象。

我沿着晨雨森林园区里的健康步道向岭下庄园走去，一路上，一汪清水在铺满荷叶的水渠中缓缓流淌，一渠碧绿倾泻而下，拐了几道弯就注入了左边的一个深水潭里。水面上浮满了五颜六色的水鸭子，它们正悠闲自在地进行着游泳比赛。那有蹼的脚掌就好像木船上的船桨一样，使它们能够在水里优哉乐哉地自由划动，快速前行。鸭群过后，只留下了一层层涟漪和些许的羽毛。偶有几只鸭子将头深深扎入水中，迅速地用嘴捕获虫子或小鱼、小虾，然后露出水面，伸长脖子敏捷地吞咽进肚子里，让自己美餐一顿。

在这个水池旁边的女贞树园里，一棵棵闪耀着晶莹嫩叶的小树下，放养着一群雪白的大鹅。它们在树下悠闲地散步，高扬着长长的脖颈和头颅，两只宽大的脚掌支撑起那肥硕的身体，一摇一晃地在草地上画着梅花。几只肥大的白鹅更是左右晃荡，摇摆不定，走出一副六亲不认的步伐来。有几只大鹅在树下争先恐后地抢食着主人存放在槽子里的食物。它们先吃一口冷食，次喝一口水，再到草地里吃一口青草或泥巴，那种笨拙、憨呆的模样，令人不由得捧腹大笑。

我们路过具有欧美建筑风格的晨雨森林康养酒店和一处环境优美、景色秀丽的婚纱拍摄基地时，恰好有一对身穿礼服、婚纱的新郎、新娘正在那蓝天白云、碧水沃土、绿草鲜花的映衬下，按照摄影师的安排，喜气洋洋、姿态优雅地拍着婚纱照。在一阵阵咔咔咔的快门声中，这对亲密夫妇留下了青春靓丽、美丽多姿的倩影。

我们越过了一片翠绿幽静、妖娆多姿的小竹林，健步走上了晨雨湖畔。这里四面绿树环抱、杨柳依依、鲜花盛开的湖堤上，有一条高低起伏的石拱桥伸向湖心岛上的两层小洋楼。这座寓意乌龟探水的湖心岛，如乌龟伸头潜入水中，龟尾高昂地露出了水面。那幽深、碧绿的湖面上漂浮着几株墨绿的浮莲，莲下有许多游鱼戏水，活蹦乱跳，偶有几只黑黝黝的乌龟在水里潜上潜下，游来游去，颇为得意忘形。水边还有几只羽毛乌黑发亮的鱼鹰，脖子上白茸茸的，细长的嘴巴上有一个尖尖的小钩。仔细观察，它们在捕鱼时，就像一枚迅捷的鱼雷，在深水中拼命地追逐着鱼儿，令鱼儿吓得丢魂失魄，惊慌逃窜。

　　每年的五一劳动节前后，来自四面八方的钓鱼爱好者都会到这个华中地区最美、最热闹的钓鱼场所。这里共有钓位二百余个，成百上千的钓友们接踵而至，以至那段时间里，无论是赤日炎炎的白天，还是花灯齐明的夜晚，这里都有钓鱼爱好者垂钓。他们风餐露宿，夜以继日，聚精会神、全神贯注地默默放线甩钩，暗暗较量钓技。这情、这景，这水、这湖，成就了晨雨森林王国里一道新颖独特的人文景观。

　　我们沿着绿树成荫、凉风习习的林间大道，欣赏着路两边行道树上盛开的鲜艳苹果花。头顶不时地飘下一片片花瓣，落在了路的中央和路边，为幽静宽阔的路面铺上了一层厚厚的粉红色地毯。在经过那处种有几百棵枣树的林园时，我凑过去仔细地端详了那些黑黝黝的百年枣树。树皮粗糙不堪，树身上裂开了一道道象征着岁月的深刻裂痕。那些肚大、腰圆、干粗、枝壮的老枣树都在尽情地沐浴明媚的阳光，焕发出勃勃生机。那修剪整齐的枝条有序地向四面八方尽情舒展，那黝黑的枝丫上已经长出了许多嫩黄浅绿的小叶子，这一棵棵大枣树就像一座座翠绿的小帐篷竖在了肥沃的土地上，汲取着春日的光辉和大地的精华，为秋天的累累硕果储存着无限的生机和足够的能量。

我们平心静气站在那红白相间的玉兰园里，那一株株鲜红娇艳、洁白晶莹的玉兰花开了，它们适时地吐蕾吐苞、纵情绽放，纯粹得连一片树叶都是多余的。就在那光秃秃的枝丫上，洁白的花瓣、殷红的花苞，圣洁的精灵姿态优雅地展开一张张甜蜜的笑脸。它们是那么亭亭玉立、宠辱不惊、光彩夺目、风韵独特，微风掠过，留下了忽远忽近的淡淡幽香。

我们还兴致勃勃地游览了百亩樱花园。那一树树鲜花已经开过了盛时，有些已经开始凋谢，在微风的抚弄下缓缓飘落下来，好像一只只粉红色的小精灵，在空中打着旋儿，翻着跟头，再轻巧地落在地上，为土地抹上了一层淡妆。

我们顺道拐入了银杏林。那银杏树高大挺拔、遮天蔽日，伟岸的身姿、茂密的树冠，寓意着博大的胸怀和远大的理想。接着我们又欣赏了石榴树的婀娜多姿、纤细妖娆。木瓜树的树干笔直，一片片绿莹莹的树叶就像一把把玉制的扇子，布满了一条条长短不一的纹路，枝上还长着一些嫩嫩的花骨朵，绿绿的、小小的，就像月宫里洒落的一颗颗晶莹剔透的绿色珍珠。我们还观赏了那娇艳动人、形态潇洒的"花中神仙"——海棠。那被誉为"国艳"的至尊，令多少文人墨客朝思暮想、魂牵梦绕。

最后，我们步入了那足有百亩之大的山楂采摘园。那一棵棵刚刚修剪过的山楂树上，密密麻麻地长满了绿绿的树叶，就像一个个身着淡绿色长裙的仙女一样，气质优雅、面色妩媚，别具一番韵味。她们款款而立，喜气盈盈地向我们绽开灿烂的笑脸。这些温馨、可爱的植物正在春风中徐徐生长，为丰富多彩、五光十色的春天描绘出了一幅幅优美、纯净的天然画卷！

我们畅游了这个偌大的晨雨森林王国，花费了整整一个上午的时间，那阳光普照、天高云淡的春天为我们携来了万紫千红、百花齐放的秀美景色；那温暖和煦、清爽怡人的清风为我们送来了意气风发、神清气爽的美好心情；那三千多亩绿色园林构建的天然氧吧更使我们脑清肺润、心情愉悦。似锦的自然风景，引领我们进入了一座虚无缥缈、若隐若现的海市蜃楼；那悠扬悦耳、娓娓动听的鸟啼雀叫，为我们启开了一座幽静迤逦、梦幻一般的大门，引领我们进入了一个群山吐翠、万亩峥嵘的森林王国，来到了东晋大文豪陶渊明笔下那桃李芬芳、柳暗花明的世外桃源……

这里的青山和绿水，这里的绿叶和鲜花，这里的鸟啼和芬芳、这里的草坪和果园，这里的飞禽和走兽，这里的灿烂阳光和皎洁月光，这里的楼台亭阁和小桥流水，都那么令人恋恋不舍、久久难忘。

禅心雅韵

　　登封市区向西三公里有个杨家门村，它北依太室山，西临少林寺，濒临少林湖。滔滔少阳河从其脚下缓缓流向东方，南面有一尊面对禅武祖庭的"石佛迎宾"石像，巍然矗立在连天峰余脉的山峰上。这里有着闻名遐迩的中原美丽乡村精品村——禅心居。

　　禅心居依嵩山之深奥，傍少林湖之清澈，托少林武术之精粹，集禅意修行之神韵，行云水禅心之路，做养心健体之功，招四面八方之嘉宾，为志同道合者提供发展秘诀，是嵩山地区独特的、禅心雅韵的乡村旅游、民宿体验胜地。

　　辛丑年冬月的一天，我与著名少林拳师、少林寺十八罗汉之一的陆海龙师傅相约在禅心居茶室。在温馨融洽的气氛中，他娴熟地泡着红茶，优雅地为我们依次斟上浓茶。茶桌上热气腾腾、香气四溢。绚丽灿烂的阳光，透过东窗的玻璃倾泻下来，洒在了脸上，映入了怀抱。房间里暖洋洋的，一曲悠扬悦耳的《高山流水》

盈屋绕梁，使人脑清肺润、心情愉悦。

陆师傅温文尔雅、谈吐不俗，思维敏捷、谋略超前。在谈话中，我初步了解了他的传奇经历与杨家门的历史。他名叫陆海龙，祖籍江苏溧阳竹箦桥村，自幼爱好武术，天生体魄强健。1979年，他在上海师从武术名师竺庭跃，1981年来登封学习少林武术，1996年创建少林寺达摩院（后改为登封市圆峰文武学校）。2005年，陆师傅看中了太室山脚下密林深处的一个小山村，计划在此安营扎寨，颐养天年。当时他怀揣着一个梦想，就是把这块贫瘠的土地变成嵩山脚下的"桃花源"。由于各种不可抗拒的因素，虽然他想尽了办法、费尽了周折，磨破了嘴皮、跑折了老腿，但最终无疾而终。

2011年，陆师傅又看上了少林湖下边的杨家门自然村。这是一个闲置了多年的空心村，甚至在民政部门的地图上都找不到记录。小山村房屋倒塌、杂草丛生、垃圾遍地，虽然这里环境极差，却距陆师傅的武术学校很近。当他说出想法时，朋友们都说他，就连当地的村组干部和群众都不理解他。这片荒地能给他带来什么好处？他是不是有钱没地方花了呀？各种怀疑、反对的声音充满了他的耳朵。

但陆师傅心意已决。他东奔西跑，上下游说，终于将地图上"消失"多年的杨家门村又找了回来。也就是从那时起，陆师傅下定了决心，要让这个二百多年的古老村落变成嵩阳大地的"禅意雅居"。

一个破败不堪的中原古老村落，勾起了陆师傅思念江南老家的乡思和乡情。保护嵩山传统村落，建设中原地区的江南水乡，营造江南老家的乡愁氛围，建立宣扬传统文化、民间技艺的教育平台和民宿基地，这些想法挂在了陆师傅的心坎上……

　　后来，他一个人的初心之梦，引来了一群人的热烈响应。所幸，党的十九大报告提出的乡村振兴战略如春雨一般，滋润着中国广大农村，也温暖着陆师傅的那颗"不安分"的心。他那"桃源梦"与中华民族伟大复兴的中国梦高度合拍，这就更坚定了他走上朝思暮想的逐梦之旅的决心。

　　说干就干，陆师傅带领他的设计和建设团队投入工作。他们集思广益、合理规划，很快就制订出了紧紧围绕杨家门村的旧与新、破与立、精与细的设计方案，并在建设过程中根据现实情况不断完善，采用环保至上、锐意创新的理念，终于十年磨一剑，打造出了古老与现代、石头与砖木、水塘与山林、武术与罗汉、中原古建与江南园林有机结合的"禅心居"。

　　经过初步改造，修复村庄老院子二十多处，现已建成了文昌阁、崇山书院、梯渡山舍、咖啡吧、茶吧、素食餐厅、老茶摊、文创商店、生态菜园、练功场、荷塘月色等基础配套设施，占地面积近百亩，形成了以武术国学教育、乡村民宿体验、自然康养健体三大项目为核心，给予游客独特的互动参与体验的新型旅游园地。他们将游客的宜吃、宜居、宜行、宜游、宜购、宜乐、宜教、宜学、宜养等需求挂在心上，把优质服务融入经营理念中。

在谈到禅心居的未来发展时，陆师傅情绪激昂，他介绍说：杨家门村目前已列入河南省美丽乡村精品村项目。在杨家门老村的基础上，他又按规划向东扩展了350多亩，将玄天庙村的新村划入了项目区，期望利用村民闲置的土地和房屋资源，通过村集体调配和经营，建成"集群民宿"，实现经济价值。"亲子游研学基地""儿童兴趣乐园""村民文化交流中心""少室阙—少林湖"旅游通道与阶梯式瀑布水系正在施工中。禅心居是登封市的"2211"重点项目，项目总投资约3.2亿元，建筑面积0.3万平方米，建成后，预计年产值可达2000万元，实现税收200多万元，安置当地群众就业300多人。

最后他又补充说道：2021年，玄天庙村村民成立了农村合作社，村民和村集体可参与监督和分红。禅心居已与村委会达成了协议，将企业原投资部分让给村民占股15%，政府投资部分（即上级拨付的美丽乡村建设补助资金）村民占股70%，真正实现了政府引领、企业经营、让利于民、群众参与。

午饭时间到了，陆师傅带我们走进了禅心居的素斋餐厅。一排高大宽敞的青砖灰瓦房子里，约有20位身穿禅服的学生和老师正在静静地就餐。看到陆师傅和我们进来，学生和老师们都热情点头示意。大厅里打饭和吃饭井然有序，我们也规矩地排队。当餐台上那热气腾腾的白米饭、色香味俱全的几种素菜展现在我们面前时，立刻勾起了我强烈的食欲。我随便挑选了几样素菜，打了一小份米饭，就落座开始吃饭。在不经意间，我发现了一个现象，那就是，凡吃过饭，放回碗筷的学生都会双手合拢，先是走到中间鞠躬，而后到陆师傅和其他老师面前行礼，走到门口时，再回头面向大家鞠躬行礼后才悄悄离去。面对学生们的彬彬有礼，陆师傅也是频频点头，微笑还礼。看到这和谐温馨的场面，我对陆师傅的敬重更增添了几分。

午饭后，我们头顶暖暖的阳光，伴着清凉的轻风，沿着石阶小路在老村里随意转悠。一路上，我们脚踩石板路，手扶山杂树，走街过巷，穿沟越塘，经过了小桥流水，翻过了山涧密林，绕过了老砖泥墙，走过了羊肠小道。一棵黑黝黝的老柿树，那粗壮的枝条恰是龙飞凤舞；一棵龇牙咧嘴的老杏树昭示了它历经的沧桑岁月；一片枝叶漫天飞舞的竹林展现了它们的青春芳华，一枝枝残荷失去了那姹紫嫣红的傲娇，一朵朵含蕾待放的梅花显示了傲雪经霜的铮铮风骨，一层层有机玻璃透出了老屋内部新装的豪华，一辆辆大巴车和小轿车展示出景区的热闹繁华……

隆冬寒月尚且如此，春暖花开又是何样？我已期待着阳春三月时故地重游！

久违了，卢崖瀑布

庚子六月下旬，嵩山地区接连下了几天大雨，家里的大盆小罐，路上的大沟小壑，都积满了雨水。恰逢星期日休息，儿子提议，儿媳妇附和，小孙子拿出了水枪和水壶，我们全家就准备前往卢崖瀑布风景区看水。

由于长时间干旱少雨，卢崖瀑布好久都没有潺潺流水了，更没有飞流直下三千尺的景象了，如今逢此喜雨，游客不约而同地蜂拥而至。九点半左右，景区门口就已经停满了大小车辆，游人们在工作人员导引下，打开手机扫健康码，购票或持旅游年证刷脸，有序进入景区大门。

在停车场西北角，我们首先瞻仰了高大的卢鸿大师（唐朝著名山水画家、诗人、隐士）纪念像。我双手合十，虔诚膜拜，面对这位曾三辞唐玄宗所封高官厚禄的嵩山隐士，真是佩服万分。

虽然卢鸿大师已经作古千载，"卢鸿草堂"也早已风光不再，他创作的《草堂十志图》原作也已失传，但此图已被收录在《故宫名画三百种》一书中，被称为山林绝胜（《广川画跋》）。他的创作秀润、纯净，富于潜思、含蓄、悠闲的情调，着墨追求精练、婉丽创造性地融入了"写实"的画法，这使他被业界尊奉为"水墨山水写实画之鼻祖"。他描写嵩山十景，歌咏自己隐逸生活的骚体诗《嵩山十志》被《全唐诗》录存。

卢崖瀑布风景区现存的卢崖寺、搁笔潭、落印潭、卢鸿草堂（石刻）等历史遗迹和人文景观所关联的神奇故事和经典传说，都承载着后人对卢鸿这位真隐士的怀念和尊崇。

我牵着小孙子的小手，顺着淙淙流淌的小河，沿着青石铺就的林荫小道，向曲径通幽处前行。迈步走过造型别致的石拱迎驾桥，快步通过八角凉亭，就进入了十潭峡谷。远看搁笔潭，二十多米的悬崖水流如注，飞瀑直下，轰隆声震耳欲聋。

步石阶，上天梯，读"背斜"（中岳运动距今约18亿年），登石峰，一阶一阶、一梯一梯，狭窄的山道上游人如织。小孙子蹦蹦跳跳走在前面，儿子儿媳紧护左右。真是初生牛犊不怕虎啊，小家伙毫不畏惧，冲锋在前。

阴天闷热，游人们都是满头大汗，我也是汗流浃背、气喘吁吁。经过一阵急行军，就来到了映枫潭和抚琴潭。潭涌水溢、飞流飘逸，潭阶相连、水流湍急，岩壁上的条条黑色流水印清晰可见，好像一条条颤抖的琴弦。激流银瀑接连跌落几层台阶后，汇聚在潭中，叮咚悠扬，余音袅袅，犹如一位含情脉脉的琴师在优雅地抚弄着琴弦，娴熟地弹奏着名曲。

潮水一样的人群在高低不平、崎岖蜿蜒的石阶山道上向前涌动着，上走的游人个个汗流浃背、挥汗如雨，下走行人则满面红光、精神焕发。虽摩肩接踵，却秩序井然。

不知不觉中，我们已来到了风景秀丽的清心潭和玉镜潭边。潭水清澈，潭面如镜，几位衣着得体、青春靓丽的美女在潭边抚脸撩发，不停地变换着各种雅致的姿势，用手机自拍。明亮的潭水里也留下了人面桃花、幸福甜蜜的影像。清心潭前站一站，顿觉清风拂面、凉爽宜人，潭边岩石坐一坐，顿觉心旷神怡、脑清肺润。

站在锦碧潭边，看聚宝潭丽景，伏栏眺望，飞瀑如蛟龙闹海，腾天舞地。在21世纪初，热传这里有真龙现身。当时，朦朦胧胧的巨龙照片，曾在国内外多家报刊、电视台高调发布，无论照片真伪，都足以证明世人对龙王的尊崇和敬仰。

行一段石子路，龙石、涤烦矶、娘娘床迎面而至。数块巨石矗立谷中，留下了龙王、娘娘、卢鸿的千古传说和奇妙故事。河中磐石，任水流湍急，却稳如泰山，历经沧桑，仍坚韧不拔。溪流穿石而下，哗然入潭。溪水潺潺，大有荡涤人间所有烦恼忧伤之势，使我油然而生一种春风荡漾、顺心如意的美好心情。遥望前方错落有致、裸岩相接的山体，经历了上亿年的风吹雨打，依然是那样高耸入云、威武雄壮。

路过了一段青翠的河谷，只听水流哗哗，不见河水流淌，只闻鸟语花香，不见莺歌燕舞，便来到了一处平缓宽敞的地段，一块巨石立在河中央。

此段河水不深、水流平缓，导游牌指示这里可以戏水。数百名大人小孩蹚河戏水，在水的王国中自由徜徉。可能是久未戏水的缘故，孩子们就像疯了似的，在河中横冲直撞、狂呼乱叫。大人紧护着怀中的幼童，大些的孩子们则如鱼得水，打水枪、撩水、胡蹦乱跳，他们在溪水中立、坐、游、躺，尽情戏耍，好不逍遥自在。

看，那个小屁孩在浅水中玩耍，一个趔趄滑倒了，全身湿透。一位年轻母亲急忙过来，扶起儿子，嘴里不停地数落着，手上立刻将儿子的湿衣服脱下拧开，晾在大石头上。瞧，那边两个顽童在兴致勃勃地打着水仗，一不小心，打湿了旁边一个小女孩的白色连衣裙。小女孩号啕大哭起来，体贴的母亲在安慰着女孩，并大声地训斥着淘气的男孩。男孩吐了吐舌头，做了个鬼脸跑远了。还有几个脱了上衣的顽皮小子趴在水中打仗，并殃及了几个衣冠楚楚的大人。幽默的大人急忙捧起来了几大捧水，泼向了小家伙们，他们的小脸上顿时挂满水珠，头发和衣服上的水珠吧嗒吧嗒往下掉。小家伙们狼狈不堪，惹得众人哈哈大笑。儿子抱着小孙子来到水中。起初，小家伙不敢下水，但看到小伙伴们玩水那开心的样子，他也跃跃欲试了。他小心翼翼地站在水中，拿起抽满了的水枪，射向了远方……小孩的尖叫声、哭闹声，大人的呵斥声、欢笑声及哗哗水鸣，汇成了一组美妙的交响乐乐章。

到了久负盛名的黑龙潭了，幽深的山谷、碧绿的深潭、黝黑的石头、茵绿的绝壁中，潜藏着横冲直撞的蛟龙，那是激流澎湃的瀑布。

我们侧身弯腰钻过黑龙潭上方的突出岩石，人在岩石下，怎能不低头，脚踏光滑的连山石，一步一个脚印，稳扎稳走，碎步慢行。拐个弯，上了几层石阶，便来到了密林深处的休息台。游人们在树荫下喝水、吃泡面、歇脚、聊天。

又经过了一段陡峭的林荫小路，路过了金龟迎客石，便来到了历史悠久、闻名遐迩的卢崖瀑布面前。远远地就看见了一处不大的广场，右边临山，左边加了栏杆，栏杆外有一个蓄满了水的小水潭。水坝下面的溢洪管道正在向外突突突地泄洪。水潭左岸茂密的树林中，隐约有一条大理石滑道向山坡上延伸着，那风靡一时的卢崖滑道给当时的年轻人留下了许多美好的记忆。

大老远就听到了瀑布的轰鸣声，抬头就看到了"飞流直下三千尺"的雄伟壮观场景。只见垂直高度约有百米的石崖上，腾空倾泻下来一道闪亮的白练。飞溅的水珠随着山风飘飘洒洒、纷纷扬扬，如漫天飞雪，又似千丝珠帘悬挂长空，难怪世称其为"珍珠倒卷帘"，无愧为嵩山古八大景之一。

水流自山崖逐级跌落，撞击在不同层级的岩石上，迸发出团团水珠、片片水花，时而聚团，时而分散。站在其中，如云雾缭绕，又觉有蒙蒙细雨，拂面入怀，为人带来了丝丝清凉。那激流澎湃之声势如虎啸龙吟、天空惊雷……

小广场里站满了观瀑的人群，就连两条青石长凳上也坐满了人。孩子们热闹，中年人欢呼，老年人大笑，构成了一幅人与自然和谐共生的优美画卷。

欢蹦乱跳、奶声奶气的幼童，东奔西跑、俏皮捣蛋的少年，天真活泼、美丽动人的少女，款款细步、身姿曼妙的姑娘，跑前跑后、大献殷勤的小伙，器宇轩昂、春风得意的中年人，衣着光鲜、浓妆艳抹的贵妇人，满头银发、精神矍铄的老年人，都在拍照留念……

站在半山腰石庵（花岗岩质，上岩向前突出，在高崖下形成了一个大石庵）下面，望着来来往往、东躲西藏却又不得不湿身的游客，借着若隐若现的太阳，透过斑驳陆离的树林，仔细观看那崩珠散玉般的飞瀑。举目远眺，水珠折射出一片奇光异彩。在这风景如画的绝境佳地，在嵩山世界地质公园奇特的地质地貌中探幽寻宝，在国家森林公园的自然风光中纵情游览，真可谓是赏心悦目，令人精神亢奋、恋恋不舍、流连忘返。

明代著名诗人高出书写的《卢崖瀑布》中说："太室东来第几峰，孤崖侧削半芙蓉。为看飞瀑三千尺，直透春云一万重。"这精美诗句鲜活地展现了当年卢崖瀑布那恢宏、奇妙、绝美的情景。嵩山卢崖瀑布真乃人间仙境、世外桃源也。

不一样的上班路

　　端午节三天的假期很快就结束了，6月6日就要上班了，对于我这个上班族来说，心中还是多少有些期待的。

　　5号晚上10点钟左右，儿子突然告诉我，他第二天要开车外出办事。由于家里只有一台车，我该怎么到二十多公里之外的单位上班？无奈之下，我急忙给邻近的同事打电话，想不到，接连打了三个同事的电话，均是无人接听。可能是同事们都早早休息了吧？这时，我才感觉到自己有些唐突了，只得悻悻地上床休息。

　　第二天早上，我6点钟就起床了，洗漱完毕后，我又给一个关系很铁的同事发了微信语音，他没回应。打了他的电话，他还是没接。我无语了，到底是怎么一回事？

　　恰在此时，儿子也起床了，我急忙询问他："咱家的电动车能跑多少公里？"儿子回答说他不清楚。我家里现有两辆电动车，一辆旧车买了已有5年多，如今只能在市区内骑骑，另一辆是去年买的新车，平常也是近距离骑行，没出过远门。虽然我心存了许多疑虑，但还是坚信它应该能跑二十多公里吧！

决心已定，我就戴上头盔，捎着电动车充电器，骑上心爱的电动车上路了。我信心满满地行驶在市区的大街上，6点多钟的街道上，来来往往的车辆不多，但人行道上匆匆而过的行人倒是不少。他们大多是晨练的市民吧？从他们那轻松自在、充满喜悦的脸上可以看出，新冠肺炎疫情缓解后，市民们十分享受自由自在、无拘无束的平静生活。

我迎着东方喷薄而出的红太阳，乘着早晨清爽的凉风，一路风驰电掣地向东驶去，到了阳城路和少林路交叉口。这里是原来的东转盘，也是市区内最拥挤、最繁忙的路段。

遇到上班高峰时段，南来北往、东去西行的车辆往往都会排成蛇阵长队，有时候，光在这里排队等候就得一小时左右。最辛苦的还是那些指挥车辆的交警们，他们忠于职守，无论是严寒酷暑，还是大雪暴雨，他们总是站在街头，兢兢业业地履行着职责，辛辛苦苦地维持着城市良好的交通秩序。

可能是时间尚早的原因吧，交警们都还没有上岗，四个路口等候的车辆也不少，但司机朋友们都是依照信号灯的指示，顺序而动、依次而行，谨慎驾驶，平安出行。我沿着非机动车道行驶，只在十字路口等候了一次红灯，便顺利地驶离了这个繁忙路段。接着我又沿着红白相间的非机动车道向东继续行进。冉冉升起的太阳绽放出了金色的光芒，大地上的热气在慢慢上升，清凉的空气中弥漫着一阵阵躁人的气息和淡淡的花香。

　　那宽阔平坦的柏油马路上，五颜六色的大小车辆在金色阳光的照耀下，闪出一道道金芒。路边的一棵棵银杏树巍峨挺拔、枝繁叶茂、郁郁葱葱，人行道旁的小花园和大花池里百花争艳、蜂飞蝶舞，青翠欲滴的草坪上一碧千里、绿意盎然。紧靠人行道的空地里矗立着一座座形态各异的休闲凉亭，为晨练、散步、行路的市民提供了闲逛、休憩、娱乐的便利条件。这美不胜收、绿色环保、文化厚重的大道，正是"登封第一城市大道"。

　　电动车经过了中岳庙隧道、韩村加油站、蛟河口，拐入登封市产业集聚区西段。这里的车流量稀少，我行驶的速度也就加快了许多，不大一会就看见那高大威武、深邃幽静的蛟马岭隧道了。正当我开足马力上坡之时，一阵清脆悦耳的电话铃声响了起来，我立马将车停在路边接听电话。原来是同事打来的，他很抱歉地说，由于夜晚睡眠不好，他天天晚上都早早把电话调成静音，以至于昨天晚上和今天早上根本就没有听到我的电话，看到来电提醒后，才急忙回拨……

　　放下电话，我打开车灯，穿过了幽暗的隧洞，经过了登封市产业集聚区东部，右拐进入了 S235 公路，在 7 点 20 分左右到达了单位。我看了看电动车的仪表，发现仅仅用了四分之一的电量，而且由于起得早，到达单位的时间竟比平常还提前了 30 分钟。

　　当我静静地在空旷的单位大院里散步时，油然生出一种感慨之情。这次骑电动车上班，一是节省了一笔不菲的汽油钱，二是响应政府号召来了一次低碳出行，三是体验了一把城乡自由旅行，四是呼吸了初夏的新鲜空气，五是尽情地观赏了登封市近几年来城镇建设的崭新面貌，六是体验了登封市委市政府以"看得见、摸得着"的巨大变化回应了市民们的期待，有幸看到了登封市由过去的"多景区＋小城市"向大景区城市的转变。

我暗暗下定决心，如果不是遇到刮风下雨天，以后我还要骑电动车上下班！

情寄五指岭

　　五指岭位于河南登封市、巩义市、新密市交界处的高山诸峰之巅，海拔1215米，是一片浩渺的高山草甸之苑。据清代席书锦游记所载，五指岭：又名五枝岭、五至岭，古时登、巩、密、荥、汜五县交界，皆与接壤，故名五至。高而寒，雪历春始消。五六月旱，山下禾槁矣，上亦有雨，禾亦熟，不能刈麦，秋禾惟玉谷宜，肥而大，亩倍收。路险难行，贫民无依者利之。其北连玉仙、石城。伏羲诸山，系伏牛山系中岳嵩山之余脉，古称方山或大方山。山上有一高峰耸立，上面有五根石柱并立，远看山头奇峰，宛若竖着的一只巨大巴掌，裸露着五根苍劲有力的手指，故名五指岭。

　　五指岭西接嵩山余脉，北连巩义、荥阳、郑州市郊，接邙山岭，南至登封、禹州的颍河北岸，东达新密、新郑到径山。全域范围4000多平方公里，诸峰海拔均在1000米以上。主峰为鸡鸣峰（曾有鸡鸣闻三县之说），海拔为1215.9米。峰南部为悬崖峭壁，断崖千尺。伫立峰顶，心旷神怡，抬眼望去，天高云淡，风清气正，群山起伏，大有一览众山小的雄伟气势。

当你登上五指岭峰顶，这里有天有云、有风有雾、有石有林、有花有鸟，这里远离了大都市的繁华和喧嚣，隔绝了闪烁不停的霓虹灯，避开了车水马龙的柏油马路和熙熙攘攘的集镇闹市。来到这里观看旋转风车、日出日落，闻听山涧风啸、鸟啼蝉鸣，眺望万里碧空、云舒云卷，沐浴阳光雨露、雾聚雾散，参与户外露营、攀岩探险等，都能令众多游客心旷神怡、感慨万千。

在这大山深处，闹与静共生，粗与细并存。斑鸠欢唱，蝴蝶、蜻蜓飞舞，羊儿吃草，牛马嘶鸣，松鼠跳跃，狡兔飞跑……诸多驴友背包客、自驾探险者、摄影爱好者、文朋诗友们来到这里体验山野的粗犷和宁静，享受难得的"世外桃源"。

"清风绕山涧，碧空明月悬。林荫青草栖，卧石听清泉。"文人骚客在这里留下了惊世佳作和传奇故事，使五指岭这个仙境宝地显得更加浪漫神秘。

一条崎岖险峻的柏油公路越过五指岭东峰山腰，直达新密伏羲山游览区，在那座大山的深处，也有许多令人神驰向往的地方，如五彩斑斓的雪花洞、神秘莫测的神仙洞、鬼斧神工的伏羲大峡谷等。诸峰顶上，矗立着一台台高大威武的风力发电机，正在那里可劲地旋转着，为人类创造着生产、生活用电。密林深处，农家特色小吃也在深情款款地等着你……

巩登交界处的水泥公路沿山壁盘旋，直通五指岭西峰山巅，连接了通向新密的公路。S235省道蜿蜒，经过了崇山峻岭、滔滔黄河，伸向了远方的巩义和焦作。历史悠久的宋陵、康百万庄园、杜甫故里、香玉故里、巩义石窟，风光秀丽的竹林长寿山、黄河湿地、红峡谷、神农山，诸多风景名胜区都在向你发出邀请。

五指岭山顶及周边地区，有独树一帜的自然景观，有安阳宫、禅峰洞（宋朝开国皇帝赵匡胤避难处）等历史遗迹。在登封境内有战曹沟的林海波涛、龙池的蛟龙潭和虎头岭、黄花沟的仙谷和花峪、岩棚的崖陡壁峭和山涧天池、石门里沟的金银花簇和石缝里的蓝天白云，也有新密助泉寺晶莹翠绿的国宝"密玉"、一脉相承的侏儒奇石和油石等，还有《本草纲目》中记载的各类中药材，堪称矿藏和植物宝库。

五指岭海拔高，山上的温度一般要比山下低10摄氏度左右，是绝佳的避暑胜地。那郁郁葱葱的植被，围绕出一座天然的森林氧吧。清澈甘甜、干净味醇的天然矿泉从潮湿处汩汩冒出，孕育了"长寿之王"高山灵芝、清热解毒的金银花及黄芪，还有漫山遍野的天然中药材，如白术、艾蒿、酸枣、益母草等。

山中一年三季花开遍野、芳香四溢，引来无数恋人在此体验浪漫的风情月意。

春天里，百草茵绿，山花烂漫；夏天里，蜂飞蝶舞，鸟语花香；秋天里，皓月松间照，清泉石上流；冬天里，冰川高悬。这些美图丽景在向你招手呼唤，频频示意！亲爱的朋友们，你们难道不为之心动吗？

神话磨沟

在中岳嵩山东麓有一条神秘的小山沟，它北依威武雄壮、险峻奇拔的林台山虎头峰，西临碧波荡漾的"嵩山小天池"纸坊湖，东邻延绵起伏、游龙一般的龙山山脉，南连杨柳依依、鸟语花香的勺河河畔，这里是一个山清水秀、绿树成荫、历史悠久、人杰地灵的世外桃源。

磨沟村山美水秀，地域广阔，山环水绕，阡陌纵横，曾有"四十五里磨家沟"之称。虽然有些夸张，但磨沟村的传统武术，确是方圆四十五里无人不知、无人不晓的。从磨沟村武术的鼻祖挪挪爷开始，磨沟村武功精湛、德艺双馨的拳师层出不穷。这些武术名人的背后都有可歌可泣的英雄事迹。磨沟村拥有数不胜数的自然景观，如五虎峰、石门河、五棚楼、老龙潭、河底沟、花石崖、老石崖、大侧崖、双十庵沟、老虎石沟、凤凰岩、石人脚、杏树坡、槐树荫等。这些美丽景观中留有一段段神秘的传说。磨沟村还有着丰富多彩的人文景观，如玉皇殿、大圣庙、白龙王庙、山神庙、藏梅寺、祖师宫、菩萨阁、祠堂、古石寨、古桥、古墓、王园，有着"滚磨成亲""李际遇反登封""四任守备范可均""大力士范士通""三战响马范老五""范大田的故事""武教头凌斗"等传说。这里的山水草木、古老民居、武林高手都为偏僻的磨沟村罩上了一层神秘的面纱，也在向世人诉说着磨沟村许多鲜为人知的经典故事……

林台群峰，五虎争雄；奇峰异石，巍巍耸耸；虎峰清泉，石门聚潭；溪流淙淙，汇入勹源；武术之乡，少林南帮；挪挪师爷，武艺杠杠；义士际遇，揭竿而起；怒杀县官，尖山聚义；哲学先锋，海亮诗盛；羊娃赋联，大库光荣；学迷林修，玉坤标兵。这些都是磨沟村自然风光宜人、文化底蕴厚重的真实写照。这里的山山水水、绮丽风光令人流连忘返，这里的名胜古迹、神奇传说使人目不暇接、感慨万千。

磨沟村坐北向南，在巍峨苍翠的林台山下，一条曲折幽静的林荫山道贯通了与美丽乡村范家门的南北交通。小路至村南端的南洞岭处才豁然开朗，蜿蜒曲折地向南伸向了唐郭旅游公路。一支涓涓溪流沿石门河淙淙南下，在峡谷里形成了一连串错落有致的碧水玉潭。那清清的溪水犹如一条洁白的玉带缠绕着美丽的山村，世世代代滋润、供养着勤劳朴实、精明能干的磨沟村人。

磨沟村东、西两面各有一道郁郁葱葱的山岭，左右相向，遥相呼应。东、西两岭上，茂密苍翠的天然植被把整个磨沟村包裹得严严实实。磨沟村就是一个天然的聚宝盆，这里土地肥沃、气候适宜、藏风聚气、物产丰富。当你置身于青山环抱、绿荫环绕之中，漫步在茂林秀竹之间，徜徉于烟波浩渺的天然氧吧之间，流连于崇山峻岭的深山峡谷中，就像归隐到了田园诗派鼻祖陶渊明笔下的桃花源之中。

磨沟村曾有三窑，即东窑、西窑、南窑，这也是三个小自然村的名字。磨沟村现有六个生产组，其中一、二组分布在南窑村，三、四组分布在东窑村，五、六组分布在西窑村。由此可知，磨沟村的先人们刚迁徙到村里时，是以山就势，倚光采暖，就近打窑、挖洞来安身和栖居的。如今，在一片片拔地而起的农家小楼背后，还有一座座破旧不堪的窑洞存在，有些还圈养着牲畜和家禽，这些冬暖夏凉的古老窑洞依然发挥着不可小视的作用。

磨沟村之所以神奇，就在于传奇故事多。

巍巍林台峰，悠悠磨沟情，说不完的传奇故事，道不尽的风花雪月。广阔无垠的蓝天是天然画屏，绿意盎然的山峰是彩绘的背景，奇峰异石、清澈山泉、淙淙溪水、茵茵绿草、鲜艳山花、珍禽俊鸟是重彩浓墨的优美图画。明月松间照，碧溪山涧流。美不胜收的精彩画面中，就是嵩山脚下神话一般的美丽山村。

磨沟村，一个令人心驰神往、朝思暮想的传奇山村！

天　路

　　巍巍嵩山北麓，潺潺龙王河畔，奇景妙观倒拜沟，观瀑听涛九龙潭。在这风景秀丽、潭深瀑连的嵩山深处，有一个海拔1300米，远近闻名的"悬崖村"。这里地处悬崖峭壁，沟壑纵横、山路弯弯。前些年，这里甚至没有一条像样的下山公路，山上居民出行困难，与外界沟通不畅，农产品无法卖到村外，外面的投资项目也不能进村落地。如今，在村党支部书记马水芬的带领下，马头崖上修成了一条"富民路"，"悬崖村"成了游客、网红打卡的新景点。投资者进村，村民增收，走上了美丽乡村的振兴之路。

　　登封市唐庄镇郭庄村是一个山清水秀的美丽乡村，它东依蛤蟆头，西邻九龙潭，北与巩义市相邻，九曲龙王河自村南流过。

　　村东的马头崖是郭庄村的第五村民组，是远近闻名的"悬崖村"。它位于嵩山蛤蟆头峰顶，山高路险，交通不便。当地曾有一段民间流传的顺口溜——"收音机没信号，电视机没频道，走路像踩高跷，行车如坐花轿"，这就是昔日马头崖的真实写照。

坎坷的山路，不仅羁绊了村民外出的脚步，也阻挡住了投资者进村发展的步伐，更给美丽乡村建设拖了后腿。前几年，登封市一家公司进驻马头崖，设计了山顶果园和民宿，后因道路问题建设受到影响，全村的旅游总体规划止步不前。后来，又有两家投资商看中了马头崖的旅游资源，想来投资开发，也都因交通问题知难而退，最终不得不终止了合作。

对于马头崖的"出行难"问题，看得最真切、心里最着急的，莫过于郭庄村的女当家人——村党支部书记马水芬。

马水芬于1993年接任村党支部书记，是一位有着30多年党龄，已经扎根基层、默默耕耘了30个春秋的老党支部书记。30年来，她始终不忘初心、牢记使命，充分发挥"基层党组织和先锋党员的模范带头作用"，带领村两委及全体村民修公路、打机井、架桥、修拦河坝、实施农网改造……竭力守护郭庄村这片绿水青山，努力打造着富民强村的金山银山。

"要从实施乡村振兴战略、打赢脱贫攻坚战的高度，进一步深化对建设农村公路重要意义的认识，聚焦突出问题，完善政策机制，既要把农村公路建好，更要管好、护好、运营好，为广大农民致富奔小康、为加快推进农业农村现代化提供更好保障。"铭记着习近平总书记的重要指示，心里装着村民们的热切期盼，马水芬决心挺起腰杆，迎难而上，彻底解决马头崖"出行难"这个棘手问题。

立下修路决心以后，马水芬带领大家十多次到现场勘察地形，谋划线路，并多次召开村两委和群众代表会议，实施"四议两公开"制度，商讨修路的相关事宜，广招合作伙伴，多方筹措资金。经过不懈努力，他们制定出了修路的初步规划方案。

方案确定不久，马水芬就遇到了第一个大难题。最初的道路设计方案，是按原路进行扩修，要修筑5米宽的水泥路，涉及搬迁的村民就有三十多户。拆迁面积大，补贴费用高，马水芬辛辛苦苦协调工作三个多月，只做通了二十多户村民的工作，还有十多户村民执意不肯妥协。

为了充分尊重村民意愿，尽量减少不必要的开支，马水芬只好另辟蹊径，与村民代表多次沟通协商后，决定修改线路规划，并很快拿出了第二套路线设计方案。

此套方案是从村南三岔口向东沿焦家林绕前坡到下岭。马水芬多次带人到实地勘测后发现，该方案虽距离最近，但因沟壑众多，修筑难度极大，有一处还需要架桥，最终还是决定放弃该方案。

"不怕困难、百折不挠就是共产党人的品质！"面对前两次路线规划受挫，马水芬毫不气馁。她请教各方专家，全面调研评估，经过充分讨论酝酿后，村委会又拿出了第三套方案：从原路口上山绕东沟到栗树坡，过下岭到西沟，再至东沟。经过多次实地勘察，反复比较和论证，并邀请省内外有关专家数次评审，大家一致认为这次路线设计规划既绕开了村民住宅，避开了沟壑高坡，又避免了占用耕地和基本农田，减少了许多麻烦和不必要开支，此方案切实可行。确定了**修路方案**，他们就迅速着手筹措资金，争取尽快开工。

2018 年 5 月，郭庄村开始招标修筑这条山路。当时的招标价为 220 万元左右。在长达两年多的修筑过程中，由于市场上的建筑材料价格飞涨，原材料水泥由每吨 200 元左右上涨为每吨 500 多元，石子由每方 40 多元上涨到每吨 130 多元，上级补助的 172 万元"都市农业示范园配套设施项目"资金明显不足以支撑修筑完工。

为此，马水芬又召开村两委和群众代表会议，研究资金筹集问题。他们多次开会商议，研究来研究去，最终还是没有一点眉目，巨大的筹资压力和现实中的各种困难，再一次压在了马水芬的心头。

"什么是发挥战斗堡垒作用、先锋模范作用？就是遇到困难自己先上，面对责任自己担当！"马水芬在积极向上级部门寻求支持的同时，也充分利用自己的人脉资源，多方联系沟通，寻找可以使用的资金。她向亲戚朋友寻求帮助，但大多信息发出后石沉大海，没有回音。那些日子里，马水芬着急得就像热锅上的蚂蚁一样。正当她坐卧不宁、发愁上火时，一位相识多年的朋友主动找到了她，表示愿意出资帮忙，但他只愿与她个人有经济往来，不愿和村委会打交道。马水芬知道，这就是要她把所有经济责任都揽在自己头上。但此时此刻，她已经是走投无路了，必须全力以赴尽快促成此事。为此，马水芬做通了丈夫和子女们的工作，由她自己贷款 150 多万元，那个朋友出资 200 多万元，村里两个朋友帮忙筹资 30 多万元，终于筹齐了 550 多万元的修路资金！

于是，一条宽 6 米，长约 3.27 公里的山村振兴公路，终于破土动工了！

开工了，但各种矛盾接踵而至：占了东家荒坡，用了西家地边，挡了李家流水，阻了张家道路，影响了王家坟地风水……乱七八糟的困难又摆在了她和伙伴们的面前。有些人顾大局、讲情面，工作一做就通；有些人很是较真，三番五次上门做工作，磨破嘴皮、喊破嗓子也行不通。

稀奇的是，有许多麻烦难缠的事情，非得马水芬亲自出面才能解决，因为村民们都认她，只听她协调。有些村民说："一开始，我们心里确实不太情愿。村里修路是为大家好，这些道理我们也懂，但为什么要独独牺牲我们的利益？当时我们确实是想不通，但是马支书出面了，看着她那满是疲倦的脸庞、风尘仆仆的模样，听那嘶哑的嗓音，知道她讲的话很暖心，也很实在，我们服气了！""马支书太累了，我们不愿让她为了集体修路再做大难，再过多地操心受累、费力费神了。"一位村民这样恳切地说。

两年多来，因为每天忙着村里修路的事情，马水芬不得不将家里的事往后放。年逾九十且长年多病的公爹病情恶化，正在现场组织施工的马水芬一时抽不开身，丈夫又在外出差，只得让儿媳送老人到市医院住院。还是因为修路，她无暇照顾年幼的一双孙女，不能正式行使奶奶的"职权"，只好麻烦亲家母帮忙照看，甚至是靠几家亲戚来回轮换照料。出差多日的丈夫回到家，她也顾不上给他做一顿可口的饭菜，就连她自己，许多次发烧感冒都是一忍再忍、一拖再拖，不到万不得已，她都不舍得休息一天……虽然家人没有任何怨言，一如既往地支持她的工作，但年近半百的马水芬自己倍感愧疚，暗地里也不知流过了多少次辛酸的泪水。

历经两年多的艰苦施工和不懈努力，郭庄至马头崖的通天道路于2019年4月建成通车。这是郭庄村的一条生活路、致富路和振兴路！随着宽阔平坦新路的开通，马头崖不再是山高路陡的悬崖村，而成了许多游客、网红打卡的新景点。

如今，马水芬改在九龙潭和马头崖自然风景区上痛下功夫，还在郭庄村周边建设了多个生态休闲农庄、民宿和农家乐。每逢周末和假期，众多乡邻及外地游客慕名而来。他们在这里纵情欣赏郭庄村原生态的山村风光，观赏倒拜沟里的仙谷美景，体验农事农耕、山果采摘，品尝农家美食、山村美味，感受初夏"摸摸会"的神秘风情、夏季山涧溪水的清凉。他们在这里游山玩水，陶冶情操，吟诗作画，赏月听涛，云游于绿水青山中，徜徉于山川林月间，逗留于绿荫翠波下，驻足于九龙飞瀑前……这些游客的到来，也为郭庄村的集体和村民家庭带来了不菲的收入。

借助马头崖新路的开通和创建郑州市美丽乡村的大好契机，马水芬带领村两委一班人，认真学习习近平总书记的"绿水青山就是金山银山"理论，在郭庄村境内大力保护生态环境，推动发展全域旅游。他们依托山村绿水青山、乡土文化等资源，大力发展休闲度假、旅游观光，利用当地传统的编织、针织、刺绣、石雕、山杂粮加工等工艺，打造"九龙潭老豆腐""九龙潭石磨面"等优质产品，使之成为繁荣农村、富裕农民的新兴支柱产业，真正把绿水青山变成金山银山，带领村民走向社会主义小康之路。

失落的秤锤

　　阳春三月,艳阳高照,我们前往嵩山北麓的石秤村,寻访失落的秤锤。

　　一下车,我就被这古老村落吸引住了。小山村就坐落在干涸的山沟里,两岸有两排老瓦房。石块砌成根基,泥坯垒垛土墙,土墙四角有老青砖砖柱,房顶的灰瓦已长满了瓦松、蒿草。房屋破旧,却干净整齐,几家大门前叠摞着灰瓦和青砖垛,可能是整修房子用的吧!也有几间砖混结构的平房,大多是低矮的石砌门楼,门两旁放着青石或红石门墩。石砌院墙、石板路,这里真是一个石天石地石部落。

　　几位晒暖的老人坐在南墙根下,用浑浊的眼睛看我们,一个大爷还颤颤巍巍地问我们"吃饭了吗"。朋友说,这个村原有三四十户人家,年轻人大都搬到城镇里了,只留下一些年老体弱的人。他们在山里住习惯了,留恋这里的山村生活。

几条看家狗朝我们狂吠了几声，而后用警惕的目光送别我们。一群老母鸡咯咯哒哒地在寻觅食物，一只美丽的大红公鸡抖动着丰满的羽翼，趾高气扬地在周围巡视着。一棵老枣树那弯绕曲折的树枝遮掩了半个路面，我们只得侧身而过。

村口一棵老柿树下，拴着一头白顶门的大黄牛，它不停地甩动尾巴，驱赶身上的蚊蝇，还不时地用舌头舔舐身体。村边的几畦菜地里，韭菜、大葱、菠菜、香菜正在阳光的照耀下茁壮成长。

小路更加狭窄了，朋友在前面折枝拔梢，薅草开道。山路高低不平，硌脚绊腿，树枝划破了脸颊，酸枣树刺伤了胳膊和小腿，衣鞋上扎满了灰圪针、蒺藜。太阳光暖洋洋的，使我们脸上冒汗、浑身燥热。我们将上衣脱下束在腰间行走，脚步突然打滑，原来脚下的羊肠小道上堆满了落叶和荒草，足足有 30 厘米，踩在上面松软滑溜。

我们披荆斩棘地攀爬了一个多小时，才来到了滴水棚。这是一处峡谷，凸出的悬崖下面有一可容纳十多个人的洞穴。这里沟深境幽，洞中细流潺潺，缓缓流向峡谷深处。

传说战国时期的鬼谷子曾在这里教学收徒，孙膑、庞涓、苏秦、张仪等一代名士曾在此修行。夏季，滴水棚前清泉如珠，瀑布飘逸，令人神清气爽、脑清肺润；隆冬，滴水棚崖冰瀑飞扬，冰挂晶莹。

朋友指着南边那道山陵说那就是传说中的秤杆，西北的两个山峰是大小秤锤。我极目远眺，确实像秤杆和秤锤，自言自语道："我想象中的秤锤应该是两块巨石，没有想到竟然是两座山峰呀。"

相传战国时期，庄子兵困嵩山门头寨，天长日久，就在这里形成了一个集贸市场，南来北往的生意人经常在此经商贸易。在一次战争中，一名商人为了躲避士兵，逃亡时就把一杆大秤和两个秤锤遗失在了途中。九龙王游历时，就把遗落的秤杆和秤锤点化成了山陵和山峰。

　　攀登上了秤锤峰，俯视了秤杆陵，远眺了漫山遍野的高山野花，仰望了蓝天白云，沐浴了丽日艳阳，呼吸了新鲜空气，领略了自然风光，分享了当地历史传说后，我们踏上了归程。

围绕寨墙看袁桥

辛丑冬月的一天，寒风习习，但阳光灿烂，我们一行数十人乘车来到了中原古村落袁桥村。在朋友的提议下，我们登上了新修复的寨墙，俯瞰古村寨，眺望袁桥这个美丽乡村的秀丽风光。

踏着南寨墙根下那青砖叠加成型、步步高升的台阶，踩着有历史厚重感的古砖、磨盘铺就的寨墙平台小路，我们迎着明媚的阳光，头顶着时聚时散的白云前行。身边不时走过三三两两的游人，他们悠闲地游着、逛着，还有妙龄少女不时地发出一串串银铃般的笑声。

站在寨墙高处远眺，只见远山如黛，天高地阔，麦苗如茵，树木苍凉，喜鹊飞跃，故居沧桑。寨墙的东侧，一条宽阔的柏油马路纵贯村子南北，那承载着袁桥人千年梦想的希望之路，绵延地伸向了远处。这人与自然和谐共生的绝美风景，构成了一幅中原古村落的美丽画卷！

在巍峨雄壮的寨墙上，我们边走边谈，"肚不脐儿""赤脊梁""圪义人""蜀黍""胳老肢儿"等诙谐幽默的登封方言，被一些有心人用木板镌刻，镶嵌在寨墙砖壁上。我轻声地读着这些耳熟能详的乡音土话，内心里生出浓浓的乡思、乡情和乡愁，仿佛回到了过去，听到了父亲的轻轻呼唤，吃到了妈妈亲手包的饺子那样亲切、那样香甜。

　　走过了一座亭角微微上翘的八角阁楼，一串串鲜红似火，象征着富贵吉祥、万事如意的大灯笼随风飘荡。寨墙上一面面绣着"袁桥"二字的旗帜五彩缤纷、迎风猎猎。我站在高台上向西俯视，只见墙内的大舞台上，一名英俊潇洒的男歌手正在起劲地引吭高歌，一群青春靓丽的姑娘、媳妇们正在欢快地翩翩起舞。那劲爆的音乐、嘹亮的歌声、灿烂的笑脸、窈窕的身段、华丽的服饰、优美的舞姿，引得一群群游客驻足观看。

　　回首东望，只见一座中型停车场里，二十多辆旅游大巴车整齐排列、有序停放。寨墙东南大门前石拱桥上人流如织、熙熙攘攘。一汪清澈如碧的如意湖水尽收眼底，那片寓意"金龟探水"之地，就是袁桥古村的历史缩影。还有那高山流水的缘山瀑，曲径通幽的景观水系，小桥流水、亭台楼阁，更让我惊叹袁桥的伟岸与柔美。如果是盛夏，那七彩斑斓的玻璃滑漂、汹涌澎湃的水上冲浪、丰富多彩的儿童游乐园，一定会是另一番热热闹闹的欢乐景象。

　　行至东北寨门，我立刻被寨墙北部那一排排坐北向南、白墙灰瓦、新颖别致、干净整洁、古朴典雅的二层楼房吸引住了。一旁的朋友介绍说，磴槽集团袁氏三兄弟为了帮助家乡脱贫致富，促进村民持续增收，发展集体经济，保护传统村落，建设生态宜居美丽乡村，实现乡村振兴之梦，于2017年5月在家乡成立了"河南袁桥古村落保护与发展有限公司"。经过近三年的开发建设，累计投资3.2亿元，袁桥古村景区已初具规模并开始运营。而公司利用政府扶助的项目资金3000多万元，首先为袁桥村搬迁的村民专门建造了安置区。小区占地60余亩，建成了93处独家小院，还有一栋孤寡老人幸福楼和一栋集中供餐楼，到目前为止已安置70多户400多名村民入住新区，集中供养了6名孤寡老人。安置区内按照美丽乡村的建设标准，水、电、路、网、供暖等基础设施配备俱全，实现了居民冬有暖气、夏有空调的现代化生活方式，并且为部分年轻人设置了合适的工作岗位。

2015年5月，袁氏三兄弟成立了河南省首家村级慈善工作站，为全村65岁以上的老人每月发放300至1000元不等的养老金，这也是河南省唯一试行农民退休制的行政村。

朋友又向我介绍了村北山坡上那一片郁郁苍苍的"千亩梨树园"。袁桥村从清朝开始就有了种植梨树的历史，近些年来，又扩大了种植面积，现已达到了近1000亩。袁桥村独特的土壤产出的"袁桥梨"皮薄肉细、汁多无渣、脆甜可口、味醇清香，是中原地区不可多得的优质梨种之一，受到了广大顾客的青睐和一致好评。

每年的阳春三月，春暖花开，千亩梨园内竞相开放的梨花清香怡人、洁白如雪，犹如浪花飞溅，又似珍珠洒落。若遇上踏春、赏花的梨花节，那里少不了观赏蜂飞蝶舞，喜闻鸟语花香的游客。

到了金秋九月，梨园里果实累累，一枚枚香酥可口的梨子像一个个青葫芦一样，牢牢地挂在粗壮的枝丫上，青色、黄色、青中带黄、黄中夹青，它们像一群顽皮的小子一样，在微风中尽情地荡着秋千。正如著名诗人胡秉言的佳句：婆娑碧叶晶，枝下脆梨莹，如玉香酥美，甘甜润肺清。丰硕的果实也招来了四面八方的食客，他们慕名而来，倾囊采购，千亩梨园里现出一派热闹非凡、争相采摘的丰收场面。

我和朋友边走边聊，他向我详细介绍了袁桥村的自然面貌、风土人情、历史渊源和传奇故事。袁桥村有 6000 年前新石器时期的"袁桥遗址"，有历经 600 年沧桑的古槐树、500 年来一直使用的石臼、400 年前建造的用于躲避刀客（土匪）的"避难楼"、300 年前的民居、200 年前的土寨墙遗址、100 年前的私塾院，还有保存完整的明清建筑四合院、供奉颍河神的牛王庙、逃避兵匪的秘密地道，以及明清时期的各种匾额和石碑刻，等等。这些历史悠久的遗存建筑和历史文物，为袁桥这个传统古村落增添了许多神秘、传奇和厚重的色彩。

朋友指着南边一处老民居说，那里就是登封市早期共产党员袁毅的家。1939 年 2 月 12 日，就是在这个三排四进四合院的中路院第四进院西厢房里，开启了登封"加强党的政治、组织建设，扩大党员队伍""坚持进步，反对倒退；坚持团结，反对分裂"

等一系列革命工作，正式点燃了登封乃至豫西地区"抗日救亡"的革命火种。

顺着寨墙的弯道继续行进，一处荆棘丛生的土谷堆映入了眼帘，走近一看，原来是一段残破的土寨墙。朋友介绍说，这里就是修筑于清咸丰年间的袁桥古寨墙遗址。当年，袁桥村绅士袁梦松出资，依北高南低的地势，修筑了一圈围绕村子的高6米、宽6米、周长750米，呈椭圆形状，寓意"金龟探水"的土寨墙，就是为了抵御捻军的骚扰及土匪的滋事，保护一方平安。

200多年的历史变迁和沧桑岁月，使原本高大威武的寨墙消失殆尽，只剩下了西寨和南寨的两处残垣断壁。2019年春，村子开始对古寨墙进行修复，原存的两段土寨墙按原貌进行保护，坍塌的部分，收集了一大批明清时期的老蓝砖、老青石条和老门墩，采用了城墙砌砖工艺进行建造。寨墙设东南寨门楼、东北寨门、西寨墙有瞭望台和西南寨门，在修筑过程中，坚持保持原貌、精密严谨、精雕细琢、坚实牢固的建筑原则，努力打造传承千年的古老村寨。

路过瞭望台，俯视地坑院，我们结束了袁桥村的寨墙之旅。传统村落的历史文化，美丽乡村的秀美景色，乡村振兴的传奇故事，都深深地印在了我的脑海里。

袁桥村，一个古朴典雅、四季如新，宜吃、宜居、宜游、宜玩的地方。

走进马窑村

　　位于登封市送表矿区的马窑村近年来连获"郑州市美丽宜居村庄""河南省级卫生村"等殊荣，《科技日报》《河南日报》等国家省市新闻媒体相继报道，吸引了郑州、洛阳、平顶山等邻近县市慕名前来观摩学习，曾经接待过美国媒体代表团等5个国内外重要参观团体。我久闻马窑盛名，却几次都是擦肩而过，无法结缘。

　　据《登封县志》和明代《嵩书》记载，汉唐帝王祭祀游历中岳，往返历时较久，文武官员因事所上表奏疏皆送于此，等候皇帝审批，故名送表。

　　历代帝王在登封居住之时，各地官员多骑马向皇帝上报奏章，且居住在送表驿站，等待皇帝的批复。等候时间较久，他们骑的马需要一些场所饲养。如今的送表西部有个村叫西马窑，南部有个村叫南马窑（南马窑在汝州境内）。

马窑村位于送表矿区西部，包括辖马窑、南坡、碾盘洼3个自然村，总面积4.3平方公里，耕地面积2629.3亩。全村共十个村民组，414户，1931口人。

　　近年来，马窑村以建设宜居美丽村庄为抓手，一是精细化治理大环境，组织村民扫院子、整房屋、修门楼、造游园、清河道、扎篱笆、树造白、建设文明墙，房前屋后种花种菜，道路两旁绿化美化，打造农村"最美庭院"。按照"一村一品，一村一业"总体要求，筹资300多万元修建了一个集餐饮、住宿、休闲、养生、田园农耕为一体的马窑生态庄园，来引领全村发展美丽乡村旅游产业。河南领军农业开发有限公司投资600万元在荒山上兴建了千亩优质水果基地。全村实施垃圾无害处理，推进废物综合利用，先后投资1000多万元建成了河南省首家乡镇级垃圾无害处理场，日处理生活垃圾50吨，年产垃圾有机肥7300吨。二是充分发挥郑州市检察院驻村工作队的帮扶作用，完善修建了村污水管网，硬化了村组道路，配套建设了公厕、文化广场、村头小游园，配置了健身器材，栽植了紫薇、月季、红叶李、女贞等花卉苗木，保留了原始的乡情乡愁村貌，形成了山环水抱的独特地理人文格局，生态环境更加优美、宜居。三是充分发挥全村党员干部的示范带动作用，设置"党员示范岗""责任示范区"，让每位党员都融入全村的建设和发展中……

　　我们沿途穿过村文化广场，路过"紧跟党中央，共筑中国梦"的村史文化墙向村南走去，在一扇红漆大门前停了下来。村张书记介绍说，这里就是村委兴建的生态农庄。进院里一看，亭台楼榭，小桥流水，萍浮鱼跃，鸟语花香，一派精雅别致。站在凉棚向四处探望，满目苍翠，心清神明，我忍不住深吸了一口清气，顿时便滋生了一丝丝困意……

我们迈步来到一楼院中，院北是一排修缮如新的窑洞宾馆，客厅背景墙竟然是一块天然巨石。走在碎石小路上，顺着葡萄架搭成的绿色长廊漫步，果园里叶繁果累，菜园里菜青瓜硕，花园里花招蜂蝶，水池里水流鱼浮。凉亭、树林、青菜、鲜花、绿叶、清风、幽香融合在了一起，赤橙黄绿青蓝紫相映生辉。突然，几声呱呱的声音传来，回头一看，原来是两只野山鸡正在南边地头嬉戏，大秀恩爱，忽然又腾空而起，在碧空中留下了它们飞翔的倩影。好一幅赏心悦目、心旷神怡的田园风光呀！

我们正陶醉在这桃花源似的神话世界里，远处忽然传来了一阵"清粼粼的水来蓝莹莹的天"的歌声。我们循声来到了一户农家，只见院子里有一群人正在自娱自乐。一个男乐师在有板有眼地拉着二胡，一个中年人在认认真真地打着梆子，几个青年妇女和着乐器在尽情歌唱，还有几位老太太在旁边聚精会神地听着音乐。小树旁卧着一条家狗在眯着眼睛假寐，它仿佛也正陶醉在这优美的音乐中，就连几只家鸡也在漫不经心迈着步……

信步来到一处厂房院子前，院里养了一群牛，牛圈里收拾得干干净净，草料摆放得整整齐齐。原来这院子是本村返乡创业女青年李瑞瑞租用的。一楼爱人在养牛，二楼是李瑞瑞在加工鞋帮。在二楼几个房间里，有十几个中青年妇女正在紧张地蹬着缝纫机忙碌着。走近细问，都是附近的乡邻（有几个还是贫困户），她们有空就来干活，不耽误回家做家务和照看孩子，每天可收入五十元左右。李瑞瑞夫妻原在江苏沿海地区打工，经过几年的拼搏奋斗，积累了一定的经验和资金。当看到乡亲们依然过着贫困日子时，两人便毅然辞去南方的优越工作，回乡创业。夫妻俩筹资二十余万元，开始养牛和加工鞋帮。半年多来，虽然李瑞瑞家没有挣到大钱，但看到乡亲们在家门口就有工作可做，有钱可赚，小两口心里也就有了些安慰。

漫步在幽静的林间小路上，路旁的桐树、杨树、槐树等冠荫路面。偶有几棵挺拔的楝树，那树干像黑色的虬龙，刚强而坚挺，珍珠似的小楝花微微张开小嘴，正在吐蕊绽放，恍若满天闪烁的紫色星星。定睛细看，每一朵小花都有五片花瓣，白嫩中透出淡雅的紫，释放出淡淡的清香……

越过小树林向西有两个小型人工湖，湖面青翠幽绿，水深数米。湖底常年泉涌不止，水源充沛，汛期时水满自溢，可满足全村人生活用水。湖堤上垂柳依依，绿草青青，蜂舞蝶飞，莺歌燕舞。

我们又驱车去参观垃圾处理厂，一路上，水泥村道干净整洁，垃圾分类收集箱随处可见。居民庭院依山坡而建，白墙黛瓦，门前空地均用竹子或木板围栏，房前屋后的树木青翠欲滴，花香鸟语。有几位中老年妇女在大门前纳鞋底、缝补衣服，也有几位老人家在树荫下吸着香烟，喝着清茶，下着象棋，喷着闲空。两个小顽童正在门前空地上欢快地骑着扭扭车，东奔西跑。

出村后，我们看到路边栽满了桃树、核桃树、梨树、山枣树，全部都用栅栏围着，各种果树郁郁葱葱，果实累累。在道路拐弯处，我们看到了河南领军农业开发有限公司的大门，仿古树的造型别致，寓意深刻，象征着公司的博大精深、前程似锦。

我们很快就来到了村西北部的送表矿区垃圾处理场和郑州中鼎环保设备有限公司。"让蓝天白云永驻，愿绿水青山长留"，这代表了郑州中鼎公司人的拳拳心声。中鼎公司自主研发制造垃圾处理设备，建成了全省首家乡镇级生活垃圾无害化处理厂，成功申请专利十二项。至今为止，它已带动登封市十多个乡镇区办事处建设垃圾处理厂。

从综合整治环境起步，向美丽乡村进发，让天空更蓝，空气更新，水更绿，山更青，生态环境更美好，马窑村走出了一条适合自身发展的创新之路。

相约阿婆寨

　　阿婆寨景区位于河南省鲁山县、宝丰县、汝州市三地交界处，伏牛山东麓的大龙山地区，境内陡崖与沟壑相融，奇石与孤峰相拥，松林与瀑布相连，果树与民居相映。春看山花烂漫，夏赏日出林海，秋醉乡村风韵，冬观松涛冰挂。这是一个集礼佛祈福、观光禅悟、养老养生、农耕体验、山地休闲、野外拓展、人文怀古等功能为一体的精美景区。

　　文学大师吴承恩的巨著《西游记》里的大雷音寺，西天灵山如来佛道场，观音菩萨修行的观音洞，明镜台和三十六尊观音法相，天下第一寨的楚长城，由伟大的思想家、社会活动家墨子创建的阿麓书院，都在阿婆寨景区中。

　　在河南省 2019 年散文学会鲁山年会期间，我和文友们相约来到阿婆寨景区。走进景区，就看见右侧广场的一棵大树上，挂满了象征着吉祥如意的红布条，在微风中摇曳着，似乎是在向我们招手示意，喜迎嘉宾。站在高高的月台上，遥望大龙山峰，自西向东绵延起伏，蜿蜒如青龙，巍峨壮观。据导游介绍，大龙山四季风光如画，春天繁花似锦，满山飘香；夏季峰峦滴翠，泉瀑欢鸣；仲秋漫山红遍，层林尽染；冬日银装素裹，晶莹剔透。

进入寺院，只见雄伟庄严的大雷音寺山门上方镶嵌着赵朴初大师书写的"大雷音寺"四个大字，苍劲有力，熠熠生辉。进入院内，迎面一尊高达8米，天下独一无二的四面弥勒佛雕像。老人家笑容满面，和蔼可亲，正在喜迎四方嘉宾。西边是明代大文豪吴承恩大师的巨幅雕像，这位文坛巨匠似乎正在那里深思熟虑，酝酿构思着长篇巨著《西游记》的相关章节。相传，明嘉靖三十五年秋，吴承恩云游到了大雷音寺，初识了鲁山大雷音寺的真面目，心中大悦，挥笔而就，立刻就描绘出了西天雷音寺的盛况美景，为后人留下了千古遐想。由于《西游记》的千秋流传，声名远播，鲁山大雷音寺就被誉为"西天灵山，佛教祖庭，经法根源，如来佛道场"。

在游览大雷音寺时，我有幸聆听到了河南省作协副主席韩达老师的亲切教诲：文学是立志修为，职业是养家糊口，事业是为之终生奋斗的；散文是嫌富爱贫的，在一个经济富裕、空间舒适、条件优越的环境里是激发不出创作灵感和激情来的，只有经过长期勤奋学习、认真读书、仔细观察、多写多练，有长期生活和实践的积淀，只有置身于大自然之中，畅游于天地山水之间，与千景万物相接触、相碰撞、相交融，只有经历千般困苦、万种磨难，才会有创作的感悟，才能抒发出真实的情感，才能激发出心灵的火花，才能写出好的作品。散文非常在乎语言，离不开自我，接近、熟悉、热爱生活，让生活和文学有机完美地结合在一起，才能迸发出精美的语言，才能创作出优秀的文学精品来。文学创作一定要以点带面，挑选一至两个有重点地修饰和描述，其他情节一笔带过，不要记流水账……

韩老师热情健谈，平易近人，完全没有大师的架子。他的语言诙谐有趣，那亦师亦友的教导令我入迷，令我陶醉，令我折服。

我们沿阶梯而上，走在悬崖栈道上，如临仙境蓬莱，好似腾云驾雾。远观近看，仙谷里的象形山石，神韵逼真，让人感叹大自然的鬼斧神工。悬空绝壁，踏步青云；峰林漫步，宛登仙境。栈道把阿婆山的奇峰、瀑布、山泉、怪石、洞穴、古藤、珍木、野花、绝壁、峡谷等奇异风光织在了一起，形成了一道靓丽的风景线。看，那千尺崖上有一处天然窟穴，居住着无数山野蜜蜂。因蜂穴似碗像盆，星罗棋布，镶嵌崖壁，酷似楼阁，故称蜂窝楼。再往前看，那一段栈道就像一条腾飞的巨龙悬挂于绝壁之上，龙头朝北，龙尾向南，龙腹环绕山涧。

在山腰停车场稍作休息后，电瓶车载着我们一路上行。山高路陡，车行艰难。路旁悬崖边，一道石墙逶迤延绵，气势雄伟。据导游说，这就是修复如初的楚长城了。阿婆寨境内的楚长城全长20公里，有历史文献记载，这段楚长城被称作"方城"，被考古界誉为"中国最早的长城""长城之祖"，距今约有2600年历史。沿途，我们细心欣赏着那蜿蜒起伏、奔腾飞舞的古长城风貌，不禁心潮澎湃，感慨万分，不禁为先人的精工细作而感到惊叹和折服。不知不觉已到了楚长城的东大门景点，高大威严的城门上方有"楚国"二字，被时间摧残出沧桑，但它依然雄踞一方，如同一尊怒目金刚，威风凛凛地守护在边疆的前哨。它曾经历过金戈铁马的威武雄壮，也曾经历过风花雪月的繁花似锦，还曾经历过人走茶凉的悲伤凄凉……

车到山顶了，河南省作协副主席、省散文学会会长王剑冰老师正在山顶游览，他热情地招呼着大家，亲切地与大家一一握手并合影留念。王老师德高望重，才艺双馨，和蔼可亲，谈吐文雅。

在王老师的建议下，大家又前去观赏了一段由铁丝网围着的古长城遗址。此段古长城遗址约有 20 米长，它虽然饱经沧桑，但古韵犹存，气势磅礴，威武壮观。

接着我们踏上了阿婆寨景区的玻璃天桥。该桥高约 300 米，长约 230 米，把东西两个山头的凤凰台连接在了一起，令天堑变成了通途。我们站在玻璃天桥中间，仿佛置身于万里云海之中，头顶无垠蓝天，脚踩万仞深渊，前观悬崖峭壁、栈道环绕，左看翠绿群山、万亩良田，右望道窄栈险、疑非人间。我情不自禁地伸开双臂，仰面长长地吸了一大口仙气，顿觉脑清肺润、心旷神怡。我真想展开翅膀，自由翱翔，做一个无拘无束、云游四方的逍遥仙人。

我们乘车顺着古长城边而下，高低起伏、坎坷不平的山道使车辆上下颠簸，左右摇摆，车上不时响起一阵惊呼声和尖叫声。电瓶车在曲折蜿蜒的山路上缓缓下行，司机师傅热情厚道，侃侃而谈，他真诚地希望我们回去以后，多写一些好的作品，为阿婆寨景区扩大宣传，为鲁山这个省级贫困县的脱贫致富奔小康创造良好条件。

再见阿婆寨，祝福鲁山人民。

记忆中的凤凰古城

昨天晚上，我做了一个长长的梦，梦里看到了两只美丽的凤凰正在天空中比翼翱翔，当我正聚精会神地仰望那大秀恩爱的凤凰时，爱人一声吆喝，立刻就惊醒了我。

梦醒之后，我知道自己又想念凤凰古城了，十年前的影像一幕一幕立刻闪现于眼前。那年"五一"，我们来到了湖南旅游，在极目远眺了张家界国家森林公园的自然风光后，又到达了《芙蓉镇》拍摄基地王村，近观了这个悬挂在高60米、宽40米的大瀑布上的民族风情小镇。那瀑布从高空倾泻注入酉水之中，一簇簇典型的土家吊脚楼依瀑而建，远远望去，俨然一株株天然盆景。接着，我们又绕道湘西苗寨，听苗歌，看苗舞，饮苗酒，到苗家做客，与苗族阿婆唠嗑、品茶。临出门，我还回赠了老人家一曲豫剧《朝阳沟》选段。最后，我们一路颠簸地奔向凤凰古城。

凤凰古城在哪里？凤凰古城就在著名作家沈从文厚厚的书本

里，就在著名画家黄永玉精美的画册里，就在歌唱家宋祖英优美的歌声里。这些名人因古城而扬名于世，古城也因这些名人而蜚声中外。

"乡土文学之父"沈从文先生写出了《边城》《长河》等一系列小说，细致地构造了他心中"湘西世界"的生命之歌。沈老笔下，"凤凰古城绵亘逶迤于武陵山脉深处，依山而筑，环以石墙，濒临沱江，群山环抱、河溪萦回，关隘雄奇。明清遗存的东门和北门城楼，连接着半壁城垣，气势犹存……这里山川秀丽、历史悠久、人文荟萃、民族风情浓郁，有着中国最美小城之称"。这样的古城才会使不计其数的读者魂牵梦绕，朝思暮想，走进湘西，亲身感悟。

我们虔诚地拜会了沈从文故居，领略了这座已有百余年历史的清朝晚期建筑，阅读了大师的部分精品著作，看到了许多青少年争相购买名著，深深地体味到了凤凰古城的魅力所在。

揣着多年的梦想，带着美好的希望，我们在傍晚时分进入了凤凰古城，放下肩上的行囊，立即就融入到了人流里。我们纵情徜徉在回龙古街那条纵向随势成线、横向交错铺砌的青石板路上，大街小巷充满了古香古色的门面房、五颜六色的霓虹灯、富有节奏的音乐声、此起彼伏的叫卖声、嘀嘀咕咕的讨价还价声。姑娘小伙们嬉笑打闹，顽皮小子追逐奔跑，懵懂少女矜持含羞，中年汉子粗犷奔放，白发老人深沉稳重，形形色色的游人为这个千年古镇的夜生活增添了许多繁华、热闹的色彩。

当我们随着人流涌到了北门古城楼，在那座红砂条石筑砌的城楼下，遇到了一群身挎吉他的年轻男女。他们斜坐在石凳上，弹奏出一阵阵悠扬悦耳的琴声，演唱出一声声铿锵有力的歌声，招来了不少围观的游人。那些英俊潇洒的小伙、青春靓丽的姑娘被围在圈子的中央，他们有的还跳起了民族舞蹈。那强劲欢快的音乐时而荡气回肠，时而余音绕梁，那飘逸的华丽服饰令人眼花缭乱，人群里不时爆发出一阵阵雷鸣般的掌声。

过了城门，到了城墙根下，只有三三两两的游客在夜幕中悠闲地游逛着。一尊铜像矗立在街心中央，一位俊俏的姑娘拉着男友正要侧身而过，突然被铜人拍了一下肩膀，姑娘立即发出了惊诧的尖叫声，并急忙钻进了男友的怀抱。铜人一边连声说着对不起，一边做起了鬼脸。男友正要发作，一看这个铜人搞笑的动作，才发觉这是一场活体雕塑的行为艺术，只得收起愤怒，拉起惊魂未定的女友悻悻而去，引起了过路行人的捧腹大笑。

走出城门，沿着河岸那浅水区向前行进，岸边站满了观潮的游人。看着那潮起潮落的沱江丽水，我情不自禁地对着江面狂呼了几声，惊得身边的朋友直翻白眼，身后的游人立刻与我们拉开了距离。

后来，我们选择了在距"虹桥"几十米左右的沱江下游，走双墩跳岩过江。这两排跳岩相隔一尺左右，一高一低，并排而立，横跨江上。每排跳岩石墩一字排开列于江面，相邻石墩之间的距离也就一小步左右，来的走一排，去的走另一排。夜幕中，昏暗的灯光下，只见两排行人形成了两条蛇形长队，他们小心翼翼，相互避让，唯恐稍有闪失就掉入江水中。行进的速度很慢，队伍中不时响起惊叫声、呼喊声、唏嘘声和欢呼声。可以看出，他们虽然有些恐惧，但对踩着石墩过江还是饶有兴趣的，尤其是顺利跨过江后的那种自豪、傲娇的神色更是难以掩饰。

汹涌的沱江水上是依势而建的吊脚楼群，这是凤凰古城具有浓郁苗族建筑特色的古建筑群之一，也是凤凰古城的一道充满诗情画意的风景线。那滔滔江水拼命地拍打着竖在水中的坚桩，岁月无情地侵蚀着吊脚楼的肌体，日复一日，年复一年，但那些坚固的木楼依然巍然屹立，充分证明了苗族先人们的集体智慧和无限力量。

那波光粼粼的江面、川流不息的街道、高朋满座的酒店、古香雅致的书画店、醇味悠长的茶吧，构成了一幅自然和谐、韵味颇浓的山水画，向世人展示了沱江岸边百姓日新月异、繁荣昌盛的新生活。

时隔十余年了，每每想起那山水相连、气象万千的凤凰古城，我还是会心潮澎湃，浮想联翩。那段快乐的边城之约，将会成为我终生难忘的一段幸福之旅。

"神笔"王铎故里行

　　庚子暑期，趁着星期六休息，我和登封市书法对外交流委员会的几位书法朋友相约，前去拜访"神笔"王铎故里。

　　王铎（1592—1652），字觉斯，一字觉之，号十樵、嵩樵，又号痴庵、痴仙道人，别署烟潭渔叟，河南孟津人。明天启二年（1622年）中进士，受考官袁可立提携，入翰林院庶吉士，累擢礼部尚书。崇祯十六年（1643年），王铎为东阁大学士。他系明末清初书画家，书法与董其昌齐名，有"南董北王"之称。北京大学教授、引碑入草开创者李志敏曾这样评价："王铎的草书纵逸，放而不流，纵横郁勃，骨气深厚。"

　　王铎一生勤学好问，博古通今，他的诗书画才艺堪称三绝，在书画方面造诣高深，尤以书法独具特色、独树一帜。他不但是一位各体皆能、风格多样的书法全才，而且草书造诣登峰造极。他影响中国书坛四百余年，世称"神笔"王铎。他的书法作品具有极高的历史、艺术和文学价值，备受国内外书法界的推崇。

王铎故里主要由故居和宅居园林（再芝园）组成，它占地面积约180亩，建筑面积5000多平方米。故居为五进院落，由前屋、客厅、中堂、后堂、后屋组成，配以东西厢房和东西绣楼。每进院为单独结构，均是青砖黛瓦，凸显明清官邸建筑巍峨、壮观、肃穆的文化氛围。故居内陈列馆收藏王铎书法石刻共260余件，大型条幅74幅，包括其代表作《拟山园贴》《琅华馆贴》《龟龙馆贴》等。院内西侧建有当代书法名家沈鹏艺术陈列馆，里面镶嵌和陈列着沈鹏先生的精品代表作80余幅，手迹20余幅。王铎书法馆、沈鹏艺术陈列馆珠联璧合、交相辉映，徜徉故居，仿佛进入了书法艺术的神圣殿堂。

看王铎大师那些遒劲的大楷、古朴的小楷，观行云流水、沸腾跳踯的行草，可知其书风成熟老辣，狂草技法已臻化境。其作品大都气势磅礴，属于豪放派，涨墨淋漓，展示了墨色层次和艺术趣味。近品其以书法之笔描写花卉枯荣、盛衰姿态的山水和梅兰竹石等画中精品，仔细欣赏其真切动人、语言警策精妙、独有个人风采的优美诗文，更使人热血沸腾、心旷神怡。

"神笔"王铎的故居，体现一个"神"字，以"神笔王铎""独尊羲献""五十自化""大哉斯道"为轴线，以楷书、隶书、行书、草书、诗画等分类设展室，以手迹、石刻、木刻、拓片的形式，鲜明直观地展示了王铎的书画思想和艺术实践，使世人领略、体会书画艺术的雄强、精微和魅力。

"再芝园"为故居的后花园，它突出一个"仙"字。这是一座古园林，据说是因园中曾生长有两棵硕大灵芝而得名。园林面积约80亩，湖水面积就达54亩，建筑布局为以泓涟碧水为中心，曲径回环，依景而造，园中叠石参差、花木扶疏、小桥横卧，既有北方园林的厚重、端庄，又兼有南方园林的秀润、隽雅。

车停在王铎故居门前的停车场，我们下车拉开了"登封市书法对外交流委员会采风活动"横幅，在"王铎故居"四个烫金大字前面集体合影和个人照相留念后，大家从两只龇牙咧嘴、威风凛凛的石狮子之间进入镶嵌"太保府"（康熙帝御笔）、"太原一脉"（启功大师书）门匾的大门楼。面"福"（一个福字、四只蝙蝠图案，寓意五福迎门）站立，照相合影，进前屋观王铎像，虔诚膜拜。敬阅王铎生平简介，诵读两侧木柱对联"家有鱼须丞相笏，囊余鸡舌侍臣香"。

游完二进院、三进院，信步来到四进院后堂，我们立刻被室内琳琅满目的书画作品和碑刻拓片吸引住了。围观、品鉴、点评、议论的游人不少，他们有的在商议作品价格，有的在挑选书法作品或书籍，有的在与画师或书法家商讨怎么创作作品，有的付钱后正在收卷画轴或书法作品轴，有的在翻阅书圣的著作或真迹拓片。突然有两位气度不凡、神采奕奕的老人健步走了进来，拿出手机查阅自己即兴抒写的诗词，以便让书法家现场书写成书法作品……我的几个朋友也很快进入了角色。

大家在仔细观看了各种书画精品后，纷纷解囊求购。一位朋友买了一本王铎的行书字帖，一位朋友买了王铎的楷书字帖，一位朋友买了王铎的草书字帖，一位朋友买了王铎的拓片集，一位朋友买了一张四尺牡丹富贵画。大家满心欢喜地收起自己心仪的商品，并请现场正在奋笔疾写的书法家签名盖印后收藏留念。

本不懂书法的我，也对书法家一只手背在身后，潇洒自如地用单手熟练写字且不用扶纸的行为很感兴趣。经过与其深度沟通后得知，王铎故居隶属孟津会盟镇管理，由于疫情的影响，前来参观者锐减，与前些年的门庭若市、车水马龙相比，今年的收入甚微，简直是入不敷出。镇政府在财政极其困难的情况下，还得挤出部分资金来支撑门面，意在不让王铎故居展览馆中途停展，更不能让远道而来、慕名参观、学艺的广大书法爱好者失望和留下遗憾……

正在现场展示才艺的书法家姓吉，40多岁，瘦瘦的身材、精明的眼神，一副文质彬彬的模样。他那娴熟的运笔动作和完美的艺术表现，表明他也是书坛老将或书法精英。从聊天中了解到，他是镇政府文化站的工作人员，原本不会书法，来王铎故居工作后，受到"神笔"王铎大师精湛的书法艺术熏陶和感染，他义无反顾地操笔练习，经过数年的潜心苦练，现在已是当地小有名气的书法家了。由于同是乡镇干部，吉老师欣然为我书写了一幅行书佳作："人生哪能多如意，万事只求半称心。"这幅书法作品的内容和字体，都令我心生欢喜，我在表达一番谢意后收藏起来。

我们进入五进院后屋、后院浏览了一番老人住室和奇花异草、亭台楼榭后，又转回一进院东侧欣赏《拟山园帖》。各位书法界朋友都仔细审视了各个碑刻和木刻，学习了大师的笔法和章法，探讨了学习心得和体会后，我们怀着崇敬的心情，面对"王铎故居"这座深府大院深深地鞠了一躬，才依依不舍地告别了王铎故里。

千里走亲家

小儿子研究生毕业后，就在湖南省长沙市应聘了一个工作岗位，不知不觉，如今已入职七年有余了。

两年前，一次偶然的邂逅，儿子与一位湖南宁乡姑娘不期而遇。天生丽质、温柔贤惠的湘妹子，就这么悄无声息地走进了儿子的生活。一场如火如荼、刻骨铭心的恋爱拉开了序幕，经过一段马拉松式、如胶似漆的恋爱之后，他们到了谈婚论嫁的阶段。

2021年"十一"假期，当儿子把美丽的姑娘带回家里，我们老两口就像喝了蜂蜜一样，甜在了心里，笑在了脸上。听着街坊邻居、亲朋好友的溢美之词，我们对这位气质优雅、举止大方的姑娘十分满意，对这宗天作之合、相亲相爱的美满婚姻非常赞同。

按照计划，春节过后，我们要在2022年3月26日到湖南宁乡拜访亲家，并向亲家郑重地提出结婚请求。但由于疫情，原定的湖南探亲日程只得向后推迟，直到疫情有所缓解后，我们又约定了赴湘之事。

7月1日早上8点钟，我和大儿子、大儿媳、小孙子就驱车开始了湖南访亲的征程（爱人因身体原因没有同行）。一路上，汽车风驰电掣般地向南疾驶。太阳当空照，火辣辣地直射着宽阔的柏油马路，那滚滚热浪铺天盖地，烘炙着南来北往的大小车辆，但车窗外40度左右的高温也阻止不了我们探亲的车轮。我们经盐洛高速、林汝高速、林桐高速、宁洛高速、许广高速、京港澳高速新开联络线、京港澳高速等，长驱直入湖北、湖南，风尘仆仆地直奔长沙。

大约在19点钟，我们一行赶到了长沙市。出了高速下站口，我们立即与小儿子联系，在确定了位置后，我们就驾车向小儿子所在的小区驶去，约有30分钟时间，我们就到达了家里。满面笑容的小儿子、喜笑颜开的儿媳热情地接待了我们。小儿子急忙端来了新鲜的水果，儿媳则又进厨房里忙碌起来，一阵锅碗瓢勺交响曲过后，一顿丰盛的晚宴就上了餐桌。看着这些诱人的湘菜，中午只吃了一袋方便面，早已饿晕了的小孙子急不可耐地拿起了勺子，狼吞虎咽地吃了起来。望着幸福甜蜜的一家人，品尝着香气扑鼻的饭菜，我的心里立刻洋溢起了一股暖流。

第二天吃过早饭后，我们一家人驱车前往宁乡县煤炭坝镇西红坡村，与未曾谋面的亲家见面。一个多小时后，汽车驶入乡村小道，我放眼望去，映入眼帘的是一个标准的南方乡村。那若隐若现的青山、错落有致的民房、郁郁葱葱的树林、青翠葱茏的田野、鸟语花香的花池、蜿蜒曲折的水泥路、淙淙的村边小溪、蛙鸣悠扬的稻田……构成了一幅自然和谐的美丽图景。

沿着小村的林荫小道，我们径直来到了亲家门前，一座没有院墙的两层小楼就坐落在村头的路边。刚一下车，我就被亲家那隆重的迎客仪式所感动了，院子里站满了欢迎的亲戚朋友，一阵噼里啪啦的鞭炮声和热烈欢快的掌声过后，在儿子、儿媳的介绍下，我满面春风地急忙走上前，与喜气洋洋的亲家公、喜上眉梢的亲家母、白发苍苍的老婶子，还有笑逐颜开的亲友们一一握手致谢。

一盘盘水果、一屉屉干果、一杯杯姜糖茶、一块块西瓜摆放在了客厅里。拄着拐杖的亲家公（前段时间腿部受伤）在屋子里不停地走动，握手、递烟、点火，乐呵呵地招呼着前来贺喜的亲友。腼腆的亲家母在大厅里来回走动着，时而沏茶倒水，时而抹桌清渣，时而与亲友亲切交谈，时而与邻居寒暄。就连亲家那八十多岁高龄的老母亲也是不亦乐乎地跑前跑后、忙里忙外。亲友们嗑着瓜子，吮着喜糖，喝着姜糖茶水，剥着香蕉，吃着西瓜，唠着闲嗑，聊着亲情，说着思念，忆着牵挂。幼儿学舌哭闹，少男少女能说会道，年长者谈笑自若……在这个高朋满座、喜气盈门的农家小院里，洋溢着一派欢乐祥和的热闹景象。

中午开桌了，兴高采烈、笑容可掬的客人们分坐在六张餐桌上，我被好客的亲家推让到主宾的位置上，亲家的几位至亲好友专门为我作陪。刚坐下不久，手艺精湛的厨师就端上了一道道色香味俱全的美味佳肴，有散发着浓郁卤味的猪头和腿腱肉、清香怡人的清蒸鳜鱼和肉丝炒笋片、清炒青菜和蘑菇、红烧茄子、尖椒炒肉丝、红烧鳝段、西红柿炒鸡蛋等十多道精美可口的菜品。望着这些味鲜色美的午餐，我垂涎欲滴，食欲大开。客人们乘兴而来，尽兴品菜，大快朵颐，推杯换盏，言语张弛有度。

　　我与亲家、好友一边吃菜，一边闲聊，稳重健谈的亲家兴致勃勃地介绍了他们乡村的基本情况和当地的风土人情，简明扼要地介绍了当地湘菜的做法和吃法。屋子里的温度很高，一台硕大的电扇不知疲倦地摇晃着脑袋，也奈何不了亲戚朋友们道喜的热情和桑拿天的蒸煮。一顿饭下来，虽说大汗淋漓，却和亲朋好友之间的关系热络了许多，与亲家的交谈也深入了许多……

　　午休之后，小儿子陪同我们走出家门，沿着环村小道散步。这时的天空阴郁、细雨绵绵，空气里不但有伏天的闷热，还裹挟着泥土的淡淡清香。没走多远，身上就已经微微出汗，汗液和着雨丝一起袭来，使人有一种烦躁、不爽的感觉。

　　小儿子首先带我们参观了亲家的小菜园。那是一个约有半亩大的园子，种植了一片片搭架的秋黄瓜和紫里透红的梅豆角，一串串长长的丝瓜和豆角，尖尖的辣椒，细长光滑的紫、白色茄子，青红相间的西红柿，翠绿的韭菜、大葱、木耳菜、苋菜和空心菜，还有一片一人多高的洋姜，真可谓是品种齐全、样样都有。据小儿子讲，亲家的菜园里种植的季节蔬菜，足够他们一家人日常食用，每每小儿子、儿媳回家，临走时都要捎回城里一袋袋、一捆捆时令蔬菜。

接着我们又观看了亲家的鱼塘。第一个鱼塘就在住房的前面，崖头的下面，鱼塘四周长满了绿树和青草，堤岸上有一条荆棘丛生的羊肠小道，右边是一片绿油油的红薯地，左边种着青翠欲滴的辣椒和细长光滑的茄子，沟边上种有一些时令蔬菜，池塘边上还稀疏地种有一些银杏树和桃树。在波光粼粼、鱼游虾嬉的池塘边，一位神采奕奕的渔者正在聚精会神地放线垂钓，静等着鱼儿上钩呢。身边的鱼桶里，已经有了十几条活蹦乱跳的小鲫鱼……

走近第二个鱼塘，那里有一片片碧翠欲滴的荷叶漂浮在平静的水面上，把水面遮盖得严严实实，有的像耀眼的翡翠绿盘，有的像撑开的绿伞，有的像碧绿的芭蕉扇子。

在碧波荡漾之中，满池艳丽多姿的荷花正竞相盛开。花朵有粉的、白的、浅红的、鹅黄的，五彩缤纷，妖娆多姿，带来满池清香。看，那株含苞待放的花蕾上还凝立着一只绿色的小蜻蜓，正如"小荷才露尖尖角，早有蜻蜓立上头"。那一位位亭亭玉立的荷花仙子，正高昂着俊俏的笑脸，仰挺着碧绿的茎枝，在微风中轻轻摇曳，仿佛舞池里翩翩起舞的妙龄少女。

荷花象征着清洁素雅和朴实无华，也是友谊和爱情的象征……这一组组清新雅致的精美画面，不仅使我立刻神清气爽、心情愉悦，更使我恋恋不舍、流连忘返。在细雨朦胧之中，我们沿着宽敞明亮的水泥路，绕着小村转了一大圈，将湘地农村的自然风光和秀美景色尽收眼底。

步行回家后，热情的亲家又摆上了三桌丰盛的晚宴，贺喜的亲戚朋友、左邻右舍又聚在一起，一边品尝佳肴，一边侃侃而谈。夜幕渐渐降临了，意犹未尽的亲家才依依不舍地送走了尊贵的宾客。客人走后，我和亲家继续促膝长谈，从南到北，从古到今，仿佛缩短了河南到湖南的距离，促进了豫西汉子与三湘男人的心灵碰撞，加深了儿女亲家之间的感情和友谊。

第二天一大早，我们匆匆吃了亲家母早已做好的西红柿炒鸡蛋卤汤面后，她陪同我们前去韶山，参观了毛泽东同志故居，冒雨参拜了毛泽东铜像，又赶往宁乡市花明楼镇，走进了刘少奇同志故居，瞻仰了刘少奇铜像。在这两个红色革命教育基地，我们真正领略了两个世纪伟人的光辉风采，全面知晓了两位开国领袖的丰功伟绩，深深理解了无数革命先烈和英雄志士为建立新中国而不惜抛头颅、洒热血的雄心壮志和远大理想……

五天的湖南探亲之旅就要结束了。我与亲家公的双手紧紧握在了一起，但送君千里，终有一别，直到车子启动了，我们才不得不挥泪惜别，并期待 8 月再见。

漫步将军故里

金秋九月，在全国第二批"不忘初心，牢记使命"主题教育中，我随农村党员学习团来到了河南省新县田铺乡许家洼村。这里地处大别山深处，是开国大将许世友的出生地，也是将军的安息之地。

许家洼是一个三面环山、中间有一条潺潺小溪的小山村。抵达村子，首先映入眼帘的是高大威武的大门楼，"许世友将军故里"几个大字熠熠夺目，一大两小三个红五星在阳光下闪闪发光，左右两边点缀着两只展翅欲飞的和平鸽。

我们入门后先谒拜了"忠孝亭"，路过了鸟语花香、蜂飞蝶舞的小花园。花园里的桂花、月季花、蔷薇花、木槿花、菊花、蝴蝶兰等时令艳花，芬芳吐蕊，竞相开放；冬青、垂柳、侧柏、松树、梧桐等迎风飘逸，妖娆多姿；凉亭、石像、纪念碑、标识牌，造型别致，风格各异，耸立于青草鲜花之中。

我们翻岭越丘，跳沟越崖，爬坡跨坎，步阶登梯，辗转于松柏丛林中，游离于青山绿水间，曲径通幽，柳暗花明，终于来到了许世友将军的安眠之地。

许世友将军墓坐落在万紫山下的来龙岭上，在坐北朝南、绿树掩映的半山坡上，有一块弯弯的U形平台，一座浑圆丘石墓前，矗立着一块刻有"许世友同志之墓"的汉白玉墓碑。碑文由著名书法家范曾题写，墓碑上方镶刻着一枚熠熠发光的红五角星，背面为纵行书写的行楷小字，镌刻着许世友将军戎马一生的赫赫战功，昭示着将军的军人气质和赫赫威严。

距将军墓西南约30米处，就是将军父母的合葬之墓，墓周围有5棵百年古松，因树冠同向中心倾斜，似五凤朝阳，故称五凤松。

许世友将军墓前，放满了一层层、一摞摞，不计其数的茅台酒瓶，展示着无数慕名而来的游人对将军的崇拜和敬仰。美酒一杯，表达了人民群众对将军的追思和怀念。

我们伫立在将军墓前，鞠躬、默哀，深情地哀悼这位功高盖世的许大将军。领队同志代表全体党员，恭恭敬敬地向将军敬献了三杯茅台酒，然后将余酒洒在了墓前，一股美酒的浓浓醇香沁人心脾。

将军墓旁一块红色的牌子上写着："许世友将军墓地，是将军安息之地。将军生前曾上书中央，请求死后回家土葬，以实现其'生前尽忠，死后尽孝'的夙愿。经党中央批准，将军久别故乡后，魂归大别山。"

我们怀着崇敬的心情来到了许世友将军故居。它坐落在许家湾村后排，坐北朝南，是一座僻静的农家小院，有土木结构房屋五间，每间面积约 20 平方米。房屋依山而建，地面呈梯次升高，门额上悬挂着王光英题写的"许世友将军故居"的匾额。进门第一间为正屋，屋内摆满了各级领导和各单位、各位亲朋好友敬献的近百个花篮和花圈。

东西墙上悬挂着许世友将军不同时期的照片，真实地记载了将军的革命生涯和战斗、工作、生活的经历；记录了将军戎马一生、战功卓著、赤胆忠心的真实故事；揭示了将军英勇善战、九死一生、富有传奇色彩的辉煌历程；展示了将军忠心报国、孝敬母亲、立党为公、艰苦朴素的家国情怀；表现出当年大别山区人民为推翻旧社会三座大山，缔造美好生活而不畏强暴、敢于革命斗争的精神风貌。

走出将军故居，我们高举鲜红的党旗，展开"不忘初心跟党走，牢记使命见行动"的巨型横幅，高呼"向将军学习，向将军致敬"的响亮口号，在将军故居前面的小广场合影留念。

我们还参观了许世友将军当年练武时曾使用过的砺剑池、磨刀石和石锁。最后我们来到了将军纪念广场。广场为阶梯式五个平台，身穿戎装、威风凛凛的将军雕像位于最下面一个广场的正中间，整体势态为将军背靠大山，目视前方，其寓意为"从大别山走出来的将军，回归大别山"。

许世友将军永垂不朽。

我和田铺大塆有缘

　　庚子深秋的一天，一次偶然的机会，我踏上了河南新县这块红色热土，来到这里缅怀革命先烈和仁人志士，接受红色革命传统教育，观赏大别山区旖旎的自然风光，体验豫南人民淳朴的风俗民情和乡思、乡情与乡愁。

　　在信阳市新县田铺乡，我们穿林海、跨沟坎，翻山越岭行走在许家洼村的沟沟坎坎中。在这块饱浸了革命先烈鲜血的土地上，我们怀着无比崇敬的心情拜访了许世友将军故里，祭奠了敬爱的许世友将军。那块游客用茅台酒浸透了的土地，散发着一阵阵浓烈醇香的气味，沁人心脾，令人深醉不已。我深深地弯腰鞠躬，向这位开国名将表达了深切的哀悼和追思，后又参观了"许世友将军故居"，在将军生平事迹展厅里，我兴致勃勃地观览了记录将军一生战斗和生活的几百张照片，拜谒了忠孝园和纪念广场，瞻仰了将军那身穿戎装、威风凛凛的威武雕像，走过了将军少年时期练武使用过的砺剑池，抚摸了将军当年曾经使用过的磨刀石和石锁……

田铺大塆是一个依山傍水、环境优美的典型豫南民居乡村，它深受中原、荆楚与徽派等建筑文化的影响，形成了土坯墙体、斜顶瓦房，既通风透气又冬暖夏凉的独特建筑形式，以及硬朗的北方民居和灵秀的南方户型融汇一体的豫风楚韵。

近几年来，村里发展了一些极富当地特色的小店铺，如酒吧、茶吧、咖啡苑、餐厅、民宿等，不仅没有改变古村子的原有风貌，还帮助了当地群众创业致富，使田铺大塆这个原先一穷二白的山村发生了天翻地覆的变化，一跃成为河南省首批社会和谐、乡风文明、生态宜居、生活富裕的美丽乡村，也成了当地有志者创新创业的沃土。田铺大塆先后入选中国第三批传统村落、省级美丽乡村建设试点和中国景观村落，成了远近闻名的网红打卡地，并接待了数以万计的国内外嘉宾。

那天，我静静地站在村口，深情地凝望着那乱石砌成的"田铺大塆"的石墙和那座铆足力气、奋蹄向前，由钢轨石块组成的"图腾黄牛"及习近平总书记与村民热情交谈的巨幅画像。从这几幅精美的标志性图案中，我仿佛看到了田铺大塆人民借习近平总书记视察之东风，乘改革开放之快车，砥砺奋进、勇创佳绩的精神风貌和光辉灿烂的美好明天。

我们沿着碎石铺成的水泥小路快步进入了村子，村口的一片空闲地上，晾晒着一地胀鼓鼓、圆滚滚的花生和金黄色的玉米粒。

在场子的四角，还晾晒着鲜红的辣椒角和玉米棒子，一位身材佝偻的老大娘正在场子里用竹耙慢慢搅动着、翻动着……

刚走到一家"壹玖捌贰"电商超市门前，一副对联就吸引了我的眼球，右联是"一九八二借改革喜开业"，左联是"二零一九迎贵人再腾飞"，屋门两边分别挂了一串串玉米穗和一串串花生和红辣椒，小门市里门庭若市、熙熙攘攘。再往前走，一个硕大清澈的池塘呈现在眼前，池塘中间有一口古井，古井周围用石片勾砌。池塘边有一条石子路通向村子。水塘右面一处老屋门上的竹帘子上，点缀有一个绣花鞋垫组成的圆圈，圈里有一只可爱的老虎头，屋子里摆满了精致的手工鞋垫和鲜艳夺目的针织虎头鞋。屋子中央的一个玻璃相框里，习近平总书记正在乐呵呵地端详手里的两只小老虎。新县非物质文化遗产代表项目——豫南刺绣非遗扶贫就业工坊（田铺大塆匠心工坊）的一块木制牌匾迎面悬挂，为这个昔日名不见经传的山村小店增添了不少光辉。

出门向右，只见一家的土墙上面，不知是哪个高手绘制了一头栩栩如生迎面站立的老黄牛。这幅仿真画像吸引了一批游客，他们争先恐后地拍照或合影。再往前走，沿街的小巷子里，"英子饭店""老韩家""女朋友的店""易天铺""男朋友的家""时光老舍""蔓乡托幼院""春临客家"等别具一格的小店，售卖各具特色的农副产品、绣花枕头、枕巾、豆腐乳、苦荞茶、竹编工艺、卡通玩意、草娃娃等商品，令人眼花缭乱、目不暇接。游客既可重温记忆深处的老黄牛、皮影戏、晒秋、田园农耕、滚铁环、鞭陀螺的童年回忆，又可体验农家饭菜、水乡民俗、田园采摘、登高望远的乡村生活，还可体味高端咖啡、茗茶、西餐、美酒等现代年轻人的高雅生活。

村里还专门为创业的年轻人设置了创客园区，帮助他们在此施展才华、追逐梦想、创新创业、大展宏图。他们开设电商店铺，拓展销售渠道，把本地的土特产推销出去，将外域的日常用品和农副产品吸引进来，达到了五湖四海、天南海北互通有无、资源共享的绝佳效果。

村里还将平日闲置的农家院修缮整理，修旧换新，构成了一组由古街、古屋、老巷、老井、石磨、石碾、石槽等组成的古朴雅致的图案，那一座座错落有致的农家房屋和山明水秀的自然环境相互映衬、互相烘托，形成了一幅自然与美景和谐共存的美丽画卷，非常适合家庭、团体、散客居住和生活。住农家小院，吃粗茶淡饭，吸清风仙气，闻鸟语花香，看青山蓝天，赏碧池荷花，春有山花烂漫，夏有溪流潺潺，秋有山果累累，冬有林海雪原，这就是大别山创客小镇能够在众多新农村里脱颖而出的重要原因吧！

梦想远离城市的车水马龙、沸腾喧嚣，亲近乡野的山清水秀、柳暗花明，耳闻目睹山川的蜂飞蝶舞、杨柳妖娆，纵情游览田园风光、山村美景，切实感受桃源的恬静和灵秀的朋友们，就到这里来吧！一场传统与现代、原始与时尚的文化大餐正在等着你们去品尝。

"看得见青山，望得见碧水，记得住乡情、乡思和乡愁"就是"世外桃源"田铺大塆的真实写照。

我和敬爱的苏老师

　　我与苏老师结缘于 20 世纪 90 年代初期，那时，我刚刚参加工作，经常利用业余时间写稿投稿，新闻、通讯报道、散文、小说、诗歌，什么题材都敢写，什么报刊都敢投。偶有豆腐块发表，我就高兴得一蹦三跳。同事们看到我收到几元、十几元的稿费，也会嚷嚷着让我请客吃饭，以示庆贺，我呢，就像喝了一杯蜂蜜水一般，甜到了嘴里，美到了心里。但大多时候运气不佳，投出去了许多稿件，大都是石沉大海，杳无音信，遇见好说话的编辑老师，还会例行公事般地给你一封早已印好、千篇一律的回信：感谢投稿，请继续努力创作。看到回信，虽然心里不爽、满腹牢骚，但也是无能为力，只能躲在被窝里暗自伤心、独自落泪。郁闷难解时，我也会当着同事的面，将那些辛辛苦苦、挑灯夜战熬出来的稿件撕得粉碎，抛掷到垃圾篓里。

　　曾有过那么一段时间，我整日在茶饭不香、夜不能寐的痛苦中度过，曾犹豫过、郁闷过、彷徨过、揪心过，反正就是不想动笔，拿起笔来就想起被退稿时的耻辱和羞愧。因此，我就和其他同龄人一样，闲暇时间成天流连于台球案、影视厅、酒桌，浑浑噩噩，无所事事。好心的领导、知心的朋友经常规劝我，劝我振作起来，但无论他们怎么苦口婆心、言传身教，都暖不热我那颗失望冰冷的心。

一次偶然的机缘，一个文友推荐了《河南新闻出版报》，我犹豫了再三，抱着试一试的态度投了一篇"豆腐块"的稿子，并给编辑老师附了一封发自内心的读者来信："敬爱的编辑老师，我是一名农村的基层干部，我从小就喜爱读书，业余时间搞些文学创作。我曾多次向多家报纸杂志投过稿子，但遗憾的是，大多是石沉大海、音信皆无，即使偶有退稿，也只是附上一封公文式的退稿信。稿子哪里不好，哪些方面值得注意，应该怎样才能提高自己的写作水平，我是多么渴望听一听编辑老师中肯的指导意见啊!……"最后，我诚恳地写道："希望尊敬的编辑老师能够抽出一点宝贵时间，伏下身子，关心和培养一下基层的青年作者，让我们这些文学新人少走些弯路，我们十分想得到编辑老师们的正确指导!"

非常出乎我的预料，《河南新闻出版报》竟然把我的这篇读者来信刊登了出来。不久后，我又收到了时任编辑苏老师的回信，他诚恳地为我的作品作了正确的指导和评价。他在信中鼓励我要多看些名人的文学作品，仔细品味文学大师们在创作中的选材、立意、标题、开头、结尾、段落、语言、构思、布局等重点要素，找准适合自己写作的切入点和创作方向，多写些发生在自己身边的模范人物、历史故事、神秘传说、自然风景、人文风光、地形地貌、风土人情等，勤能补拙，熟能生巧。他要我在乡土文学上多下功夫，多写点发生在自己身边的好人好事、孝贤乡贤、家长里短、凡人琐事、民俗风情……我仔细阅读了苏老师那封诚挚的回信，情不自禁地喜笑颜开、欣喜若狂，对素昧平生的苏老师的悉心指导感激万分，在写作方面也有了新的灵感。

一次偶然到郑州出差时，我联系了苏老师，在《河南新闻出版报》办公室里，我见到了仰慕已久的老师。他身材瘦瘦、头发花白，一脸亲切的笑容，身着一件洗得发白的劳动布工装、一条深色裤子、一双普通休闲鞋。苏老师满面笑容地为我让座、端茶倒水，他那热情好客、平易近人的态度，令我热泪盈眶、大为感动。在亲切、友好的交谈中，我们两人一见如故。苏老师没有一点知名作家、名报编辑部主任的架子，也可能是同属基层作者的缘故，我们交流得非常愉快，他那和蔼可亲、直截了当的指导，使我那颗忐忑拘谨的心平静了许多。

他简单地向我叙述了自己的生活经历。他原名王明信，1946年3月生，是河南省新郑市郭店镇南街村人，1964年3月参加工作，曾长期在郑州国棉三厂当工人。他是河南省作家协会会员，曾任郑州市职工影视评论小组组长、郑州市职工文学创作协会秘书长、河南省青年诗歌学会常务理事，现任河南阅读学会经典推广中心主任，是郑州市政协文化和文史资料委员会特约撰稿人，致力于郑州本土现当代文学史的研究与写作。

苏老师先后供职于《郑州工人报》《经营消费报》《河南新闻出版报》，曾任记者、编辑和编辑部主任。他长期从事职工文学创作的组织工作，是郑州市职工文学创作队伍领军人物之一。他曾在国内多家公开发行的报纸杂志上陆续发表过一百多万字的诗歌、散文、小说、报告文学、杂文、随笔等文学作品，著有诗集《郑州纺织工业基地的红色记忆》、散文随笔集《走在文坛的边缘》和《我当工人的日子》。

不知不觉已到了午饭的时间，我想邀请苏老师去吃午餐，他却执意要请我吃饭，最后他耐不住我的再三请求答应了我。我选择了一家比较上档次的餐厅想好好请他一顿，苏老师却领我到了附近的一家拉面馆；我想点几个荤菜招待他，他却只点了一个素菜，要了两碗羊肉泡馍。就这样，我只花了 36 元钱请苏老师吃了一顿家常便饭。

这之后，我与苏老师开始了二十多年的友好交往。那时候，由于工作忙，我的作品不多，每当我把稿子完成后，第一时间就会传给苏老师，他总是抽时间帮我改稿子、提建议，少则寥寥数语，多则成行成段，甚至是整页整章地大范围删减。望着那面目全非的作品，我只得老老实实地重新写作业……

苏老师对我的要求很严、期望很高。在我的印象中，他对我的作品是批评多、表扬少，我稍有些扬扬自得、翘尾巴的苗头，他就毫不客气地狠狠敲打，严肃批评。我偶有作品发表，也会第一时间告知苏老师，他也会真诚地祝贺我。有了苏老师的热心帮助和精心指导，我的写作水平有了明显的进步和平稳的发展，是尊敬的苏老师引我叩开了文学的大门，帮我走上了文学创作之路。

近几年，苏老师退休了，他有大把的时间搞创作了，但他仍然不忘提携和帮助我们这些基层作者，我和苏老师的交往也频繁了起来。

2019年9月22日，《河南文学》编辑部率领省市作家二十余人赴登封范家门景区采风，我也在受邀之列。我们共同漫步于波光粼粼的慈母湖畔，探秘五彩缤纷的来龙洞奇观，攀登悬崖峭壁之上的高空栈道，登上威武雄壮的外婆桥，我们拥抱了饱经风霜、枝繁叶茂的千年核桃王树，游览了曲径通幽、沟深谷静的黑老婆沟和簸箕泉，观光了幽静奇妙、绿树环抱的天井凹山坳，寻觅了蜂飞蝶舞、溪流淙淙的娘娘谷……在深度领略了范家门的湖光山色、美丽风景，尽情分享了嵩山老家美丽乡村的乡思、乡情和乡愁后，一样的梦想、一样的志向、一样的选择、一样的道路更使我们两个忘年交文友走得更近、抱得更紧。

2020年8月中旬，我的《谁不说俺家乡好》散文集出版了，闻讯，苏老师非常高兴，他向我表示了祝贺。他邀请了《河南文学》主编李一，著名作家孙勇、孙彦涛、欧阳文权、王少辉等老师开了一个小型座谈会，他们为我的散文集做了公正的评价。苏老师深情地评论说：《谁不说俺家乡好》这本散文集的二十多篇文章，从一个侧面反映了改革开放以来，社会主义新农村所发生的天翻地覆的变化，也标志着占超的文学创作又上了一个新台阶，无论对占超个人，还是对登封、郑州文坛，都是一件可喜可贺的事情。

2021年5月上旬，苏老师又以一位老师和长者的身份，为我撰写了一个小传。他从我的童年时期写起，浓笔重墨地记录了我的成长历程和文学之路。他这样写道：占超从1988年7月在唐庄镇人民政府参加工作以来，这里的山水草木、自然风光、人文景观、历史传说、风土人情、好人好事、孝道乡贤、文化传统等都令他目不暇接、流连忘返，他深深地为故乡人民的勤劳勇敢而感动，为社会主义新农村的巨大变化而动情，进而促使他情不自禁地拿起笔来，为乡亲歌唱，为山水留念，为故乡立传，为英雄点赞……

2021年3月，"大唐文友"的文友们酝酿收集一些有关唐庄地区的文学作品出书，准备为中国共产党建党100周年献礼。文友们热情很高、兴致很浓，仅仅两个月时间，就收集了散文、诗歌、小说、报告文学、书法等100多篇，苏老师闻讯后非常高兴和支持。当时，他正忙于创建郑州国棉三厂博物馆，但还是抽出时间指导和评鉴我们的作品。那天，当我深夜把已修改多次的草稿交到苏老师手中时，苏老师仍然在登封的一家宾馆里挑灯夜战，赶写材料。望着年逾七旬的苏老师那满头华发、极度疲倦的面容，我的心里不由自主地涌现出一阵酸楚之意，两只眼睛里也不争气地流出了感动的泪水。

苏老师就是这样一个热心肠的人，他经常亲切地对待像我这样的文学新人。近年来，经他扶植和帮助的文友简直是不计其数，正像一位文友调侃的那样：这些年来，"苏家军"的队伍是越来越强大了。是的，正是因为有苏老师这样德艺双馨、无私奉献的好老师，河南的文学圈里才有了一批来自基层、富有乡土气息的文学新人。

李大娘

　　在河南省登封市唐庄镇的郭庄村，有一个姓李的老大娘。她1934年出生，为人耿直、心地善良、公平正派，因此人缘极好，颇受乡里乡亲的好评。

　　20世纪50年代初期，国家百废待兴，二十出头、风华正茂的李大娘嫁进了郭庄村马家。当时，马家仅住着几孔破窑洞，她的公婆常年有病，丈夫长年在外村行医，家庭生活极为困难。年轻气盛的李大娘从进门起就把自己融入马家，决心要把这个家支撑起来，用自己的努力改变家里的贫穷面貌。

　　婚后第二年，久病的公爹去世了，但紧接着几个儿女相继出生，李大娘更加忙碌和辛苦。她肩上的担子更重了，心中的压力更大了。丈夫在外行医帮不上家里的忙，因此忙活地里庄稼，照顾婆婆和孩子，洗衣做饭，料理家中琐事……都交给了李大娘。有活自己干，有累自己忍，有泪心里流，这似乎成了她的生活常态。

87

为了马家的发展壮大和孩子们的健康成长，李大娘几十年如一日，任劳任怨，无怨无悔。

在 20 世纪 50—80 年代的近三十年里，李大娘是生产队的妇女劳动力，拉犁拉耙、担粪挑水、拔草锄地、杀梢砍柴……男人能干的活计她都能干，再脏再累的苦头她都吃过，再苦再难的活她都干过。她白天在生产队里干活挣工分，夜晚回家缝补衣衫、纺花织布，抽空还要推碾拉磨，磨些五谷杂粮，还要喂养些大小牲畜，就这样五更起、三更眠，不辞劳苦地度过了几十个春夏秋冬。经过长期的生活历练，她成了马家名副其实的顶梁柱和掌门人。

在外人面前，李大娘是一个天不怕、地不怕的女强人；在孩子面前，她是一个可敬可亲的慈母良师；在丈夫面前，她是个温柔多情的贤妻良母。她也曾在黑夜里伤心落过泪。但第二天清早起来，洗把脸，头脑清醒后，她又开始像一个不知疲倦的陀螺一样，在大事小事间不停地旋转着，释放着灿烂的光芒和浓浓的爱意。这就是一个勤劳善良、忠厚朴实的大山女儿的幸福人生。

李大娘一生养育了七个儿女（五男二女），孙男嫡女总共 61 口人，可谓是儿孙满堂、家庭幸福。

"母亲打小就教导我要自强自立、自重自爱，是她老人家供我读完了小学、初中、高中，鼓励我当上了人民教师，激励我走出去组织包工队，淘到了我人生的第一桶金；也是她老人家支持我竞选了村委会主任，为我铺就了一个为父老乡亲奉献、服务的良好平台；还是她老人家教育我，要公公正正做人，清正廉洁做事。

我连续六届当选村委会主任，既是全村乡亲们的信任和捧场，也是母亲及家庭支持的结果。她数次教导我：要严于律己、宽以待人，不计名利、不计报酬，甘当人民公仆，全心全意为村民服务。"大儿子马贵祥说道。

"父亲是一个老中医、赤脚医生，常年在外村巡回行医，无暇顾及家里。母亲是家里家外一把手，操心受累都是她的事。由于我们家人口多、劳动力少，在生产队里是缺粮户，有些季节家里甚至会断顿断粮，家人也经常会忍饥挨饿、衣不裹体。坚强的母亲省吃俭用，合理调配，做到了孝敬奶奶，抚育弟妹，照顾后来偏瘫的父亲，却独独苦了她自己。她辛苦拉扯我们兄弟姊妹长大成人，带领全家熬过了那些贫穷、艰苦的岁月。直到实行家庭联产承包责任制、分产到户以后，我家的生活才有了改变。再加上我们兄弟姊妹的共同努力和齐心奋斗，我们全家才走上小康之路，母亲才算能享享福，不再那么劳累了。"大女儿马桂潭说道。

"兄弟姊妹七人，我是老么儿，母亲总是对我疼爱有加，偏爱于我。从小到大，家里有好吃好喝都先尽着我，在我到外村上初中的时候，母亲给我备足干粮，有时还在我书包里塞些白面掺玉米面馒头，再给几毛钱备用，总怕我在外面受委屈。晚上回家睡觉，还要多次起床为不老实的我盖被子。"小儿子马贵峰说道。

"她常常同我们说，人要存好心、做好事，必定有好报。那时候，她家条件也不好，但无论是亲戚朋友，还是街坊邻居，谁家里修房盖屋、看病、娶媳妇……只要是她看到或听到别人有困难，或者别人有求于她，她都会尽其所能慷慨解囊，积极帮助他人解忧脱困。她还经常救助、接济那些走到门口逃荒要饭的人。"邻居说道。

大儿子在回忆李大娘的教导时又继续说："我清楚地记得1999 年的春天，我刚被选上村委会主任就遇到村里收农业税。头三脚难踢，收缴工作曾一度卡壳，是她老人家召集全家人开家庭会，号召全家人及亲戚朋友带头缴款，助了我一臂之力。2012 年汶川大地震时，母亲鼓励我为灾区捐款 1000 元，还连续 18 年拿出自己的体己钱在中秋节为全村人买月饼，在春节为 70 岁以上老年人发油、发钱，帮那些老弱病残的乡邻度过新春佳节……由于她老人家的精心养育和细心呵护，我们家的经济条件逐渐变好。后来，她还鼓励我们兄弟姊妹走出山村，外出经商。经过我们的努力和拼搏，也如母亲所愿，都在巩义市买房安家……总而言之，无论是家里家外还是公事私事，母亲都给予了我们极大的支持和帮助。她的教导使我们顺心工作、开心生活，使我们家庭和谐、幸福美满。母亲永远是我们兄弟姊妹工作、生活中的良师益友。"

李大娘，一个中国农村最普通、最朴实的老太太，在她有限的生命里，用自己真诚的家国情怀、质朴的语言、微不足道的善举，谱写了一曲人生最美丽的华章。受到李大娘的影响，我每次回到家中，见到我那白发苍苍的老母亲，都会油然而生一种深深的敬意。摸着母亲那瘦枯伶仃的手，听着那些絮絮叨叨的知心话，平常生活中的所有不快之情、烦恼之事便被冲洗得干干净净，抛掷到九霄云外了。

俗话说得好，"母亲在，家才在"，有母亲在的家才是真正的家，才是人生最温暖舒适的港湾。

少林宗师梁宝贵

一

梁宝贵（1928—2001），男，汉族，字珍三，号天中山翁，高中文化，河南省登封市东华镇骆驼崖村人。他于1948年8月参加工作，先后在登封县教育局、县政府办、林业局、科委等单位工作，系河南省登封市著名的少林武师、书法家、诗人。他平生崇笔翰、尚武事，人称"翰武斋先生"。

梁宝贵先生出生于五代习武之家，自幼受民间习武之风熏陶，从小就与少林武术结下不解之缘。他博览群书、勤学好问，坚持朝习武术、夜读经文、勤奋苦练，终生致力于对少林武术的研究、搜集、挖掘、整理、编纂和发展工作。

他多才多艺，精武艺，工书法，通诗词，懂岐黄。他长期习武治学，深谙少林拳理，精于少林洪拳、小武功、阴阳气功等少林内功绝技。

他退休后，坚持习武、读书、练字、写诗、作文、钻研岐黄之术。他还经常研读武术典籍，静悟各种拳理知识，结合自己长年的习武经验，对传统的少林武术进行了系统的归纳和总结，并提出了新的独特见解，创新了武术理念，形成了独具一格的武术研究理论体系，为中华民族的武术事业留下了一份宝贵的文化遗产。

中国武术，为中华民族固有之国技和瑰宝，嵩山少林武术为中华武术百家精华之大成，是整个武林中一个特大的流派。它以健魄强体、祛病延年，保护名山、镇守古刹，防身抗暴、杀敌制胜为目的，以朴实无华、套路繁多、内外兼修著称，以技击性强、利于实战为风格，以拳打一条线、威发卧牛地，打人不见形、打了还嫌迟，内静外猛、刚柔并济，劲似曲蓄而有余，巧借力道打击、四两拨千斤等特点，独成一家，威震武林。

"蒲团坐破终成道，何愁凡人不成仙"，梁宝贵先生早年师从登封县东金店骆驼崖村著名拳师梁武。据登封县志记载：梁武的先祖文秀公，是身怀少林内外功绝技的农民起义军领袖（曾享有嵩山大侠之誉），曾在清同治四年率众杀死登封县令及其子女，为民除了大害。梁武之伯兄名利，字以阳，身材魁梧，日月惯习武功。他一生走南闯北，与众多武术高人对阵，常胜不败。梁武深得家传少林真功，独怀"小武功、阳气功"秘传，诸般武功无不精通，人称"神拳梁武"，但他严遵师训，技不外传、秘不外露。因梁武一生有女而无子，晚年才将这独门绝技传给了中意的爱徒——本家子弟梁宝贵……梁宝贵尽得其真传，从而细心钻研、刻苦磨炼、勤学不息、心悟力行，终有所成。

梁宝贵老先生一生光明磊落、刚直不阿、高风亮节、德艺双馨，胸怀坦荡、一身正气，广为乡里所尊。他兢兢业业、勤勤恳恳，履职尽责、克己奉公、身体力行，他鞠躬尽瘁、甘当人梯，普受同仁所敬。他赤胆忠心、爱国爱党、遵纪守法，服务人民、公道无私、担当有为。他尊老爱幼、和妻理家、勤勉子女，堪为慈父良师。

二

梁宝贵先生所著的《少林寺内外功真传》，于1990年5月，由北京体育学院出版社出版发行，第一次印刷21000册。全书约二十万字，共分三大部分。其一是"少林武术史发展要略"，他紧紧抓住"武以寺名，寺因武显"这条主线，细腻地描绘了少林寺和少林武术两者相映生辉、名扬天下的演变历程。其文笔流畅，富有文采。其二是"少林拳之精要"，他运用稳中求奇、奇中见稳的笔触，现身说法，论述了正宗少林拳的"学拳"与"装气"之次第，并将其风格、特点、作用、打法和与其他拳种流派的区别，作了详细的论述，集中反映了少林拳术套路和各种把头所具有的深刻内涵，从而也显示了其娴熟少林拳法的超人才华和武术理论修养。其三是"少林内气功"。少林拳独成一家，主要是内练"精气神"，外练"筋骨皮"。这也是梁拳师的独到超人之处，过去他因谨遵师命而不能将武艺滥传，故鲜为人知。

这次，他无私地将"小武功"和"阴阳气功"之真谛奉献给读者，书中所述内容、功理及功法等，都是梁拳师按照其先祖和恩师梁武流传的少林寺"三昧真谛"练习，并通过自己长期以来对秘籍的潜心研究，加上他的心得领悟和精心演练，才总结出来的。这一即将失传的少林稀有功法，能够重放光彩和发扬光大，也打破了长期以来武林界对"少林拳是外家拳"的刻板印象。同时，也革除了长期以来武技保守过甚、秘不外传的狭隘、愚昧、落后的封建思想，真可谓"道高一尺"且"棋高一着"。

《少林寺内外功真传》共分六章六十七节，详细地阐述了"少林武术史""概论少林拳法""少林寺僧秘传捶把十法要论""论少林拳的各种打法""精论少林气功""拳术套路图解"及"少林棍法"等内容。该书图文并茂，内外兼修，集科学性、知识性、专业性、学术性、代表性、指导性、权威性于一体，为广大武术爱好者、研究者、读者及专业武师提供了一个全面了解和把握少林拳法发展脉络的窗口，同时也是一份操作性极强的武术专业技术的历史资料。

《少林寺内外功真传》一书也得到了原中国书法家协会主席

启功先生、国家一级美术师郑玉崑先生、国家艺术杂家宋书范先生、少林寺大和尚永信师傅、原河南大学少林武术学院栗胜夫院长等名人的大力支持和密切关注，郑玉崑、吴长军（少林拳特邀记者）、郑德炎（原登封县委党校校长）三位先生还为之作序推介。

三

梁宝贵先生与其长子梁宏业合作著书《少林拳四路神功秘机》，并于1993年7月由吉林科学技术出版社出版发行。

梁宏业，1955年生，高中文化，中国少林著名武师。他眉清目秀、天资聪颖、文韬武略、才思超群、性情豪放、坦荡耿直、身材魁梧、器宇轩昂，颇具"大侠"风度。他自幼跟随父亲习武学艺，后又拜少林寺高僧素云法师为师，经过严师密授、高手指点、朝夕砥砺、刻苦演练、苦学不息，在长期的习武过程中，练就了一身过硬的功夫。

梁宏业不仅精于少林太祖长拳、大小洪拳、七星拳、通臂拳、心意拳和炮拳等，并且在深得祖传少林武功、阴阳气功的基础上，又潜心钻研，独家首创了少林"禅拳一如，浑元一气"功法。此法融汇佛、道、儒、武、禅，博采众长显奇效。此功法从肾出、心阳照、命门旺、肺气宣、肝调理、脾熟化、静而生、动而发、一如一气、浑元一体，既能生化人体真气、元气、先天后天之气盈入心田，又可随意念导引而发达，内练可脑清肺润、强身健体，外发能调理经络、调和阴阳、休养生息、扶正祛邪、养身健体、延年益寿。

近年来，梁宏业先生一直居住在广东省惠州市博罗县。他长期在那里开办少林武馆，开展全民武术健身活动，受到了当地武林人士的一致称赞。多家报刊曾以长篇通讯的形式对梁宏业先生教导、练习少林武术，弘扬、发展武林秘籍的相关情况做了深度宣传。长期以来，他还精心施教、寓教于乐，将少林独家武术技艺结合中医理论，融入固本生源、强身健体、休养生息、养老养生的全民体育健身活动中，全国各地门生众多，桃李满天下。他还经常到北京、上海、天津、河北、山东、湖北、湖南、广东、广西、云南等地传武讲学、授技医疾、治病救人，为数万人解除了顽症恶疴之苦，消除了疾病缠身之累，深受广大患者尊崇，被誉为"少林活佛"。

四

《少林拳四路神功秘机》书内揭示了少林拳术，不但能壮筋健骨，强脑固魂，而且是"拳禅合一，揉之一体，浑元一气，惟妙惟肖，奥妙无穷之术"。它把鲜为人知、罕见于世的少林心意拳、五虎拳、正宗练步拳、少林大通背拳这四路神功秘籍，同时也把熠熠生辉的武林文化遗产书写出来，目的是将这强志健魄的稀有武林绝技传承于后。其得之于民，理应还之于民，成为现代人喜闻乐见的健康养生全民健身体育项目。该书被列为向第十一届亚运会献礼的优秀丛书之一，曾在武林界引起强烈的轰动效应。

本书分五篇，谓运气篇、养气篇、拳理篇、套路篇和交战篇。少林拳术，源流弘远，包孕百家，博大精深。神者，神奇神妙之谓也；功者，集技巧、力量、耐力、灵捷于一体；秘机者，拳意神秘、其理奥妙；四路者，为龙拳、通臂拳、心意拳、五行精义拳，皆为少林拳之精华也。

论拳必兼论气，气本于一，实分为二。所谓二者，一阴一阳也。阴阳者，天地之道也，万物之纲纪，变化之父母，生杀之本始，神明之府也。人生命之源泉也，目得之能视，耳得之能闻，手得之能握，足得之能步。习者倘能持之以恒，坚持锻炼，弱者可强，病者能愈，外是安逸，内是刚气，气聚殊万忐，气散无形象。少林拳术姿态雄健、朴实无华、内外双修、十分壮观，人人皆可锻炼，卧牛斗室、一席之地，均可练习，真可谓方便之极矣。

言之无文，难于经远，少林武艺，历代相传，很多武术精华，皆是口传身授，缺乏文字记载，易造成人亡艺绝。为使中华武术代代相传，梁老拳师才将此收藏多年的武林秘籍奉献出来，整理出版，以作永久流传。该书由原河北省武协名誉主席张曙光先生，嵩山少林武术协会副秘书长唐志福先生，登封武术名家李鼎甲、梁耀南作文作序，在社会上引起了强烈反响，曾一度成了武林界抢手的书籍之一。

集少林武功之精要，汇天下拳法之大成，论少林武术之奇招，揭气功拳理之秘机，这便是梁宝贵与梁宏业两代少林拳师的初心和使命。

五

梁宝贵先生的次子梁宏敏，心地坦荡、为人正直、光明磊落，认真做事、低调做人、任劳任怨，曾在登封市技术监督局、登封市工商质监局工作。他幼年时期，就耳闻目睹了父亲的为人处世，继承了父亲的书法绝技，经过父亲长期循循善诱和细心点拨，再加上个人的后天学习及不懈努力，现为河南省书法家协会会员、开封市书法家协会理事、登封市书法家协会副主席、中国黄河书画院少林寺书画研究分院副院长、登封市书法对外交流委员会常务副主任、登封市嵩阳书画院副院长、登封市峻极书画院副院长、登封市老拳法挖掘搜集整理委员会常务副主任、登封市楷书委员会副主任等。他擅长楷书习作，工于小楷创作，他的书法作品曾多次在省内外书法大赛中获奖。

梁宝贵先生一生共有五个子女，长子梁宏业（文武兼备、不但在少林武术方面独领风骚，而且在书法方面也颇有造诣）、次子梁宏敏（擅长楷书书法）、长女梁红娟（登封市人民医院的白衣天使）、次女梁红晓（登封市技术监督局干部）、三女梁宏旭（深圳市康硕医院的创始人，长期致力于悬壶济世、播撒大爱）。五个儿女都已成家立业，均有作为。如今，梁老先生家儿孙满堂、人才辈出、家庭和睦、事业兴旺，这也是老人家明德惟馨、笃行致远的福德所致，也对九泉之下的老先生有了极大慰藉。

2013年6月，《梁宝贵诗词书法集》由梁宏业牵线，兄弟姊妹五人共同策划，开封市书法家协会精心主编，北京线装书局正式出版。该书内容翔实、图文并茂，深入浅出地展示了梁老先生的毕生武术、书法经典作品，也算是对这位博古通今、德艺双馨的老先生的艺术人生做了全面总结。该书的发行也受到了当地文学界的热捧。

春雨润红家

在河南省登封市有一个红色革命家庭，全家 57 口人中就有 26 名中国共产党正式党员、3 名预备党员，其中有博士、硕士研究生 6 人，中专及以上文化程度 23 人。他们在家庭中建立了"家庭临时党支部"，办起了"共产党员家庭日记馆"，这些在登封市、河南省甚至全国都是屈指可数的，这就是退休干部王春玉的家。

一

2018 年 5 月，在他们家的一次家庭党员会议上，有人提出要建立家庭党支部，经过大家讨论研究，决定向上级党组织申请，成立家庭党支部。申请交到登封市委组织部，有关领导明确答复："中国共产党章程里没有明确规定。"成立家庭党支部之事就暂时被搁置了。2018年7月，王春玉在河北省保定市参加全国日记文化座谈会，与参会的相关领导交谈时，提起了这个话题，一位领导说道："成立固定家庭党支部，党章里虽没有明确规定，但根据工作需要，可在特殊时期、特殊场合成立临时党支部并开展党的工作，你们家就属于特殊场合……"在场的几位领导听后都同意了这个建议。回到家里后，他就又在一次家庭党员会议上重新提出了这个议题，大家一致同意建立家庭临时党支部，并开展对家庭党员的日常管理工作。

二

王春玉（又名王春雨），男，1952年2月生，中共党员，登封市公安局退休干部，曾任登封市公安局常务副局长、登封市纪检委常务副书记、监察局局长，2006年退居二线，2012年正式退休。在公安战线，他是一个爱憎分明、硬骨铮铮、铁血柔肠、光荣称职的人民警察；在纪检监察系统，他也是一个铁面无私、刚直不阿、廉洁勤政、优秀的黑脸包公和人民好卫士；退居二线后，他不甘寂寞，又接受组织安排，接连到市"一迎三创办公室"、登封市老年体协、登封市关工委协助工作，为登封市的社会稳定、经济发展做着力所能及的工作；正式退休后，他退而不休、无私奉献、甘当人梯、发挥余热。他不辞辛苦地行走于登封市三十多个机关、单位、学校、武校、企业之间，被聘为义务道德、法制宣传员，每年为他们演讲三十多场，这些年总共讲过两百多场法制、廉政、孝道、养生、养老等知识讲座。

近几年来，王春玉还被登封市委宣传部聘请为理论教员，被登封市纪委监委聘请为廉政监督员，还被五个村委会聘为"荣誉村民"。2018年，他被河南省安全教育委员会聘为顾问，还是郑州市、登封市关工委先进工作者和"五老队伍"报告团成员。2018年年底，他又被登封市公安局推选为老干部党支部副书记，为党和祖国的社会主义建设书写了一曲曲可歌可泣的动人篇章。

王春玉本人荣获登封市第七届"当代孝贤"、河南省"首届孝贤之星"，并被聘请为"孝行中原讲师团高级讲师"。其家庭中的多名共产党员，也先后获得省、市、县的多项殊荣。

王春玉的家是一个真正的红色革命家庭。他的大爷名叫王宗义，四爷名叫王海运，从1939至1944年，他们在豫西抗日根据地对敌斗争中，被地下党组织发展为地下交通员。大爷曾在大冶镇以制作瓷缸为掩护，四爷曾在卢店镇以做生意为掩护，都为革命做过许多有益的工作。解放初期，四爷王海运还曾任卢店区副区长。大爷王宗义在做革命工作时，曾经用过一把镰刀，他经常把它别在腰里做防身武器，经过近80年的风风雨雨，它已经变得锈迹斑斑，现在就保存在王春玉的红色家庭博物馆里，作为传家宝之一，王春玉经常用它进行革命传统教育。

王春玉的父亲王宝才幼年时期就接受过先辈们的红色革命教

育，在上学时期就利用演戏等方式进行革命宣传。王宝才 1952 年参加教育工作，1956 年加入了中国共产党，历任中小学校教导主任、校长、乡教育组长等。他把青春和韶华都奉献给了党和国家的教育事业，教书育人几十年，足迹行万里，桃李满天下，为祖国的各行各业培育了众多的优秀学生和栋梁人才。退休后，他还被党组织任命为登封市大冶镇吴庄村党支部书记，还担任过镇党代表和人大代表，继续践行着一个老共产党员的忠诚职责。

在王家的大家庭里，王春玉的父亲打从小就教育子女们要热爱中国共产党，热爱社会主义。他要求孩子们无论是上学还是参加工作，都要认真学习、努力向上，积极创造条件，争取早日加入党组织，只有拿到学校毕业证和党费证才能过他的关。家庭中若有新人入党，父亲就会立即召开家庭会议予以表扬和祝贺，并让其在家庭会议上作表态发言。在王春玉 1970 年刚满 18 岁时，父亲就鼓励他写下了入党申请书，1971 年 4 月 29 日王春玉就光荣地加入了中国共产党，1971 年 6 月他被任命为大冶公社弋湾大队党支部委员，1972 年 6 月 26 日被上级有关部门选拔为国家干部，到大金店公社工作。

正因为父亲对共产主义信念的执着和坚持，王春玉兄弟姊妹七个家庭共 57 口人里，就有 26 个正式党员，3 个预备党员。在王春玉家二楼的家庭临时党支部办公室里，在醒目位置摆放着 26 面"党员先锋岗"的旗帜。每每有家庭聚会，就会召开临时党支部会议，在会上家庭成员们除了学习党和政府的各项方针政策、相关知识外，还要谈自己近期的学习、工作情况，制订下一步学习、工作计划等。从 1969 到 2019 年，王家 50 年如一日，坚持定期和不定期召开了无数次家庭会议。这就更加坚定了王家四代人对红色基因的传承和发扬，也更表现出对共产党人初心使命的践行和坚守。

三

2018 年 12 月 2 日上午，在王春玉、赵占芳家里，全国十佳孝贤组委会为王家举行了"全国十佳孝贤模范家庭""德至贤孝"的挂牌仪式。

自 2018 年以来，王春玉家先后荣获"登封市文明家庭"、郑州市"首届文明家庭"、河南省首批孝道文化教育基地等荣誉。

王春玉、赵占芳作为王家的大儿子和儿媳，几十年如一日，时刻以共产党员的标准严格要求自己，积极传承中国传统文化和孝道精神，以孝治家、率先垂范、尊老爱幼、亲朋善友、和家睦邻，树良好家风、立优秀家规，箴言忌躁、德理服人，联合七个兄弟姊妹建立起了美满幸福、和谐温暖的大家庭。

百善孝为先，孝是德之本。受红色基因和良好家教的影响，王春玉在家就是个孝子，王春玉、赵占芳夫妇对父亲（母亲去世得早）的赡养照顾是无微不至、细致周全的。他们积极说服家人为父亲找"婶子"（即后娘），为了方便照顾老人家，他们还把父亲、"婶子"接到身边生活。逢年过节，他们召集兄弟姊妹几个带孩子、孙子来与老人家团聚，大家伙欢聚一堂、幸福团圆。

父亲病重住院期间，王春玉夫妇等家人更是衣不解带、日夜守护，煎药煨汤、喂吃喂喝、接屎端尿，体贴入微。老人躺久了腿酸腰疼，他们就按摩捶背；老人想吃什么，他们就想千方设百计满足老人的要求。他们每天都仔细观察父亲的大小便、言行举止及身体的各种细微变化，认真记录着老人各个时间段具体的病情，为医生诊疗提供了详细、精确的资料……老人家病逝后，王春玉夫妇等家人还在老人居住过的地方守孝三年，他们几个兄弟姊妹轮流到房间里打扫卫生，收集、整理老人的遗物和日记，原封不动地保存着老人家生前的各种物品。父亲病故后，王春玉还经常带领家人看望"婶子"，并时常给她老人家零花钱。

父亲逝世后，王春玉带领家人回访各位亲戚朋友，答谢街坊邻居，看望父亲生前的同事好友，还组织家人到医院为曾给父亲治疗、护理过的医生和护士送去"好医生""好护士"的光荣牌匾。

2017年12月，在父亲逝世三周年时，王春玉号召全体家人共同书写回忆先人的纪念文章八十余篇，并对全家评出的家庭"孝道之家""好公婆""好媳妇""好女婿"等进行公开表彰。

2018年5月13日是母亲节，王春玉和妻子赵占芳分别为各自的母亲书写了一首打油诗。王春玉写道："母亲已故十八年，儿女节日把您念；容貌劳动常回忆，精神功德往下传；做人做事按规矩，公正家情记心间；只有团结去生活，认真过好每一天。"
赵占芳写下了："党员母亲景凤英，忠诚善家心底正；为国为党
出大力，教育儿女善行听；节日儿女把您念，品德做事要礼行；
子女以您为榜样，党性家教要继承。"他们的寥寥数语寄托了对
两位老人家的深切怀念、追思之情。两首小诗道出了一个道理：
党的恩情不能忘，父母恩情不能忘。

为让爱国、孝贤文化在孩子们心中生根发芽，让优良家风、
家教发扬光大，王春玉经常教育子女们，一定要拥护中国共产党、
热爱伟大祖国，不忘父母养育之恩，不忘师生之谊、战友同事之情，
不忘初心、牢记使命，认真学习、努力工作、履职尽责，克己奉公、
无私奉献，在各行各业、各条战线上，为祖国的社会主义现代化
建设添砖加瓦、贡献力量。

四

退休以后，王春玉不忘初心，对老年人践行孝道爱心。每逢
节假日，他就自掏腰包，经常到他曾经工作、下乡过的地方看望
老同事、老朋友和当地的贫困家庭、百岁老人、抗战老兵等，如
大金店镇游方头、段村，送表矿区马窑，唐庄镇张村，大冶镇弋
湾村，等等。原先是每次每家送一袋面粉，近两年是每次每家送
100 元现金或鲜花。

2017年9月，王春玉出资5000余元为老家吴庄村举办敬老爱老节日，为参会的老人每人发放了一条红围巾。

2018年9月，王春玉出资20000余元为老家吴庄村80岁以上的老人每人定做了一套红红火火的唐装，寓意吉祥如意、延年益寿。

2019年，王春玉又组织、发动多方筹资80多万元，为老家吴庄村建起了一座1000多平方米，能容纳1000多人的老年活动室，并个人出资20000元购买了500把椅子，为老家及邻村老年人提供了一个自由活动、广泛交流的良好场所，受到了众多老年朋友的好评。

2019年11月的一天下午，王春玉到登封市迎仙公园附近的一家复印门市里打印材料，在闲聊中，他听人说这家店里有几个装修工人，在前几天外出干活时意外受伤，现正在住院治疗，门市老板需要花巨额费用，王春玉急忙拿出了2000元现金让老板应急，老板执意不肯接受，最后双方约定抵扣王春玉的打字复印费才算了事。

五

近几年来，王春玉在家里办起了家庭日记馆，他亲任馆长。馆内现有档案柜12个，存有各种日记档案450卷，共有1000多篇日记。王家七兄妹的家庭成员共 57 人，具有 50 多年的写日记历史，除不懂事的小孩外，全家老少四代人都有写日记的良好习惯。

王春玉家中写日记的习惯要从他父亲王宝才说起。王宝才从 1952 年参加工作起就开始写日记。他的日记主要有两方面内容，一是在教育方面，主要记录他本人和其他老师、学生的教学、教育经验，生活经历，缺点、不足之处等，共有 80 余本；二是在家庭方面，主要记录子女的生日、上学时间、在校学习情况、性格、身体变化情况，家庭生活、收支情况等，共有 30 余本。退休后，他在担任村党支部书记期间，主要记录了自己学习、工作的情况，共有 15 本。从保存的日记资料来看，王宝才自参加工作以来，荣获各种荣誉证书和奖励 80 余份，为子女批改作业、教育子女的信件和日记共有 50 余篇。王春玉的岳父赵金章从 1951 年至 1980 年间坚持写日记，现已收藏在册的就有 80 多本。

王春玉从小就受到父辈们的教育和影响，他从 1972 年 7 月 26 日参加工作起就开始写日记。当天他在日记里写道："今天是我最难忘的一天，我已经走上了新的工作岗位，从家乡到大金店工作……"他还清楚地记得父亲写给他的第一封信："你已经到了新的工作岗位，是国家干部，千万要按毛主席的教导，认真看书学习，弄通马克思主义，做到理论和实践相结合。要想工作好，必须坚持记日记，重视学习，时刻提醒自己，防止骄傲自满……"王春玉 47 年间的工作、生活日记共有 300 多本，无论是在大金店公社、登封县公安局、登封市纪检委工作，还是退居二线、退休后的生活中，一篇日记、一封家信就是他参加工作以来自始至终坚持的人生目标和生活理念。

2018 年 6 月，王春玉应邀参加了河北省国学学会、保定市中国共产党日记博物馆组织召开的"庆祝中国共产党建党 97 年第三届日记文化座谈会暨第二届全国国学组织联席会议"，他还被聘为河南省唯一一位"日记文化研究员"。

王春玉的爱人赵占芳也有记日记的良好习惯。从 2017 年至今的十多年里，她通过电视、广播、书籍等，学习、记录、摘抄了保健、养生、歌词、戏曲等共 30 余本日记，并装订成册予以保存。

王家大哥大嫂为"红色家庭"所做的无私奉献和提供的良好家教、家风，给王家兄弟姊妹及后代子孙树立了光辉的榜样。

更值得一提的是，王春玉的父亲王宝才 1968 年 5 月 5 日、岳父赵金章 1956 年 12 月 5 日所写的日记，已被河北省保定市"中国共产党党员日记博物馆"作为百年百篇经典日记永久性收藏。王春玉的部分日记和照片也被河南省博物馆永久收藏。

2018 年 7 月，王春玉的家庭日记馆被远道而来的"中国共产党党员日记博物馆"馆长康殿英授予"中国日记文化研创基地"称号，王春玉被聘为"中国日记文化研创基地"主任和"中国共产党党员日记博物馆"顾问。正如康馆长所言："王春玉家的日记博物馆与众不同，除了收存历史记忆外，更多的是记录了他们全家人为家尽孝、为国尽忠的具体行动，是弘扬社会主义核心价

值观的生动教材，为提倡党员写日记、进而推动全民写日记树立
了良好的榜样。"

六

在一个家庭里讲党课，是不是有点不可思议呀？2018年6月
25日，一场以"不忘初心、牢记使命，弘扬孝道、传承家风"为
主题的"家庭党课"在王春玉家小院里举行。

主讲人是党的十九大代表、郑州方圆集团党委书记薛荣。"党
的十九大后，我的宣讲报告进过机关、入过高校、上过企业、下
过深井，但走进一个家庭宣讲党的十九大精神还是第一次。"薛
荣演讲的开场白，道出了这次党课非同寻常的意义。

王春玉的小院里，挤满了热心的听众，王家所有在家的成员、
亲戚、朋友、邻居、同事等百十余人参加了听课。在党课现场，
薛荣结合自身创业经历，围绕"不忘初心、牢记使命，弘扬孝道、
传承家风"为观众们上了一堂生动、感人的党课。

"每逢'七一''十一'、春节、中秋节等重大节日，俺爸
就会召集家里人开会，给我们上党课、讲廉政，教育我们要堂堂
正正做人、规规矩矩做事，热爱党、热爱祖国，全心全意地为人
民服务……"在党课现场，王春玉的儿子如是说。

"今年重阳节，春玉还为我们村80岁以上的老人送来了唐装，

去年还送过围巾等过节物品，我们村里为有他这样的好人而骄傲，这也是我们老年人的福分。"现场一位王姓大爷动情地说。

"我一生最大的追求就是坚持学习、不断进步。"王春玉在一本日记的扉页记下了这样一句话。

这场别开生面的家庭党课，引起了社会各界的极大关注，《郑州日报》《郑州晚报》《中国纪检监察报》、登封广播电视台、郑州广播电视台《清风茶社》栏目、河南广播电视台《全家福》节目都相继作了专题报道。

2019年4月，王春玉还邀请登封市关工委主任李松坤做了家庭孝道文化传承报告会。

2019年6月，王春玉还利用家人回家上坟的机会，带领家人参加了老家吴庄村的党员活动日活动。

七

2018年10月，河南广播电视台大型文化纪实《全家福来了》节目组，在全省范围内挑选了5家最具有代表性的家庭录制节目，王春玉家就是其中之一。11月24日成了王家最有纪念意义的一天，王家所有家人分乘三辆车前往郑州，顺利地参加了节目录制。王春玉代表全家在节目中讲述了王家的三件"传家宝"。一是爷爷的镰刀头，二是父亲给他写的一封信，三是他写的日记本。3个精彩的故事获得了现场观众的热烈掌声。

"从大哥大嫂的日记和生活里，我读懂了他们真诚的报答党恩之情，深切地感受到了他们的良好家风。家和万事兴、共圆中国梦，我们一直在行动，让我们一起加油吧！"王春玉的二妹王玉香在录制现场感动地说。

一位慕名而来的市民，专门给王春玉送来了用竹筒做的一个小礼物，竹筒上书写了一首藏头诗：王家风范留，春雨贵如油；雨润如其人，甘为孺子牛。

身体里流淌着先人们的红色血液，日记中记录着家庭生活的蹉跎岁月。胸怀着共产党员的报国心愿，践行着对党忠诚的奉献精神。为祖国奋斗是人生的理想信念，礼义廉孝贤是家庭的传统美德，红色家风代代相传，鲜艳红旗永不褪色。这就是王春玉"红色家庭""学习之家""日记之家""孝贤之家"的真实写照。

王春玉和家人们用饱满的热情、昂扬的斗志、真挚的感情，书写了一部共产党员家庭不忘初心、牢记使命、为国尽忠、在家守孝的家庭红色传奇故事。

养老公寓里的大忙人

一

都说花玲忙，花玲确实是很忙，全敬老院就属她最忙。

在登封市长春居养老公寓里，人们经常看到一位身材高大的中年女性在院里不停地忙碌着，她时而在楼上楼下转悠，时而在指手画脚地指挥，时而在与员工促膝长谈，时而在为卧床老人端药喂饭，时而在机房检修机器，时而在菜园里薅菜除草，时而在院里打扫卫生，时而在为绿化树削枝打杈……她就像一只不知疲倦的陀螺一样在她的养老院王国里不停周游着、旋转着，干着她自认为应该干的琐事。

无论花玲走到哪里，那里的老人都会亲热地和她打招呼，"闺女"长"闺女"短的。当那些结结巴巴、含糊不清的声音，从那些耄耋老人嘴里哆哆嗦嗦地发出时，就证明花玲已经到了老人的跟前。遇到那些容易动感情的老人，花玲就会体贴地拉着老人的手，亲切地嘘寒问暖，唠唠知心话；遇到一些卧床不起的老人，她就会在床前多停留一会，听听老人的絮叨，为老人擦擦眼角的泪水，并柔声细语地与他们拉拉家常，安慰那些寂寞、失落的老人；遇到那些心情不好、闹着情绪，不肯吃药或不愿吃饭的老人，她也会弯下腰来，帮服务员给老人喂药喂饭，为老人整理罩衣、擦去嘴角残留的饭粒和菜渣……

一位郭姓住院老人爽快地说："咱敬老院里所有的老人，都把花玲当成了自己的亲闺女，当成了无话不谈的贴心人。"她，就是登封市长春居养老公寓的创始人——王花玲。

那天，我终于逮着了个机会与王花玲这个大忙人见面了。在我的印象里，她的生活就是"忙忙忙"，工作也是"忙忙忙"，前几次的提前约访，都因为她临时有事而不能成行。

在那间简陋的办公室里，我与王花玲面对面进行了一次长谈。从她那布满倦容的脸上可以看出，她昨天晚上又加班了，但看到我的到访，她的脸上还是洋溢出兴奋的笑容。刚开始交谈时，她还有些拘谨和羞涩，不愿意提起往事，但谈到她钟爱且坚守的敬老事业时，她的兴致立刻就来了，一打开话匣子，她便滔滔不绝地讲起了自己艰辛的创业经历。

2010年春天的一次机缘，她回荥阳娘家探亲时，偶遇了高中同学高淑梅，当得知老同学现在荥阳市一家养老院工作时，她立刻就对养老事业产生了极大兴趣。她十分好奇地咨询了许多有关养老、敬老的事情，老同学看到她那急不可耐的样子，也就如数家珍、毫无保留地向她介绍了养老院的经营情况和发展趋势。王花玲听后，如获至宝，回家后就立即上网查询。她详细浏览了许多介绍养老问题的网页，在充分了解了基础知识和相关信息后，立即就与爱人商量，准备投资干养老事业。

料想不到的是，王花玲的一腔热情，遭到了一向稳重的爱人及全体家人强烈反对。他们一致认为她的想法过于简单，是在"胡倒腾"，放着消停、清闲的生活不过，非要去冒这个不必要的风险，非常不值得。更充分的理由就是他们家已有了设在卢店镇的农业制造厂，农机制造行业在当时正是红红火火、如日中天。

而且，她将要面临的困境有许多，一是资金不足，二是精力不够，三是缺乏经验，四是选址问题。爱人找了很多理由试图说服她，但是，无论他怎么苦口婆心，又怎么好言相劝，就是劝不动王花玲那火热、躁动的心。

兴致正浓、信心十足的王花玲偏偏不信这个邪。资金不足可以借，精力不够两人可以分开干，缺乏经验可以去学，地址可以慢慢选，性格固执、脾气倔强的王花玲认准的事情必须得干，她的人生信念就是"要干，就一定要干出个样子来"。

说干就干，王花玲不顾爱人苦苦相劝和极力反对，执意要去学习开养老院。她先后到河南省社会福利院、郑州市爱心养老院、郑州市老年公寓、荥阳市和佑尊长园和荥阳市滨湖养老公寓等多家养老机构学习经验。

在两年多的工作和学习过程中，她既不要分文工资，也不领任何福利报酬，先从服务员干起，熟练掌握了洗、刷、煎、端、喂、翻、擦、理、剪、晒、晾、掸、揉、摩、按等服务手法和技巧，后因工作出色被任命做了养老院的领班，有幸当上了一名基层管理者，领着几十名大嫂级的服务员，忙碌在各个楼层、各个房间、各个床位；尔后又到经理办公室帮忙，体验了一把职业经理人的管理生活，学到了养老院经营、管理方面的许多经验。

幸运的是，在此期间，她也得到了老同学高淑梅的精心教导和热情帮助。老同学手把手地指导，夜以继日地言传身教，使王花玲的内心受到了一次次爱的洗礼。通过学习，她总结出了一个道理，只有付出了自己热心和真爱，才能换来老人们的爱戴和拥护，才能把她朝思暮想、期盼已久的养老事业干好、干成功。

二

面对王花玲的固执与执着，耿直憨厚的爱人内心虽然不悦，但也没有再坚持反对意见，因为他深知花玲的牛脾气，她是一个只要较起真来，就是九头骡子也拉不回头的主儿。爱人和家人们无声的支持，尤其是两个年幼女儿的鼓励，无疑给她增添了许多干养老事业的勇气和力量，更使她干事创业的信心大增。

她从外地学艺回来后，就开始张罗筹办养老院。说着容易，做起来非常难。首先是选址问题，她多方打听，仔细选择，首先盯住了卢店镇西岭新建的养老院。锁定了目标，她就开始运作，制订了详细、科学的养老规划，并积极与有关人员接触、洽谈接手养老院后续的有关事宜，并在私下里做了筹措资金、申请银行贷款、招募合作伙伴、遴选管理人员、招录有工作经验的服务员等一系列基础性的工作。

谁也想不到的是，当她信心满满地做着与卢店镇养老院签约，开始干养老事业的美梦时，一盆冷水毫不留情地迎头泼来，差一点就浇灭了她的满腔热情。因为多种不可抗拒的因素，她和卢店镇养老院的协议没有签成，听到消息后，她就像一只被人扎烂了的气球一样，瘫软在了自家的沙发上。

正在王花玲郁闷伤心、孤独无助时，一则好消息又传到了她的耳朵里：唐庄乡也准备公开招标建设新的养老院。她立即就像打了鸡血一样，浑身上下又充满了无限的精气神，那颗不安分的心又骚动了起来，她急忙托人前去唐庄乡打听有关事宜。

在唐庄乡政府，她与有关人员进行了认真洽谈对接，双方经过了多轮翔实的反复商议和认真论证，共同修改了实施意见和工作方案。也许是王花玲的无限真诚和满腔热忱感染了在场的所有人员，她的建院规划最后得到了唐庄乡政府党政班子联席会议的一致通过，她也如愿以偿地拿到了开办"登封市长春居养老公寓"的通行证。

面对这一座新盖的三层小楼和空旷的独家小院，铆足了一股劲想干一番养老事业的王花玲也不禁踌躇、犹豫了几分，光添置空调、彩电、新床、被褥、窗帘、电脑、办公家具、厨房炊具等工作和生活用品就是一笔不小的开支，这些预算几乎花光了她全部的积蓄和她东借西凑的资金，而架设暖气管道，进行庭院绿化，购买健身器材、消防设施和器材等又迫在眉睫，她又一次陷入了迷茫、困难之中。她寻亲访友、东挪西拼，结果还是杯水车薪、无济于事，爱人的担忧、家人的担心、女儿的期盼、外人的冷言冷语、同行的讽刺打击，一齐毫不留情地向她涌来，那段时期，她真是有点招架不住了，成天忧心忡忡、彻夜难眠，精神一度濒临崩溃。

　　眼看她处于经济困难之中，镇政府、相关单位和她的亲朋好友都及时伸出了援助之手，帮她厘清了思路、完善了工作方案、渡过了难关。她按照有关部门的要求办理了消防安全和营业资格证明，在各级领导的高度关注之中，2013年农历九月九日重阳节，"登封市长春居养老公寓"（唐庄乡敬老院）这个集五保集中供养与社会养老为一体的养生养老机构正式开业了。

三

　　万事开头难，头三脚更是难踢。由于是新手，缺乏经验，加上是在准备不足、资金不够充分的情况下就仓促上马，在刚开业的那段时间里，公寓三层楼共有200多个床位，只收住了30多个老人（其中还有几位五保老人）。看着这惨淡的经营，王花玲有些心凉了，她不敢想象，今后的日子该怎么过，她也不知道，这养老公寓还能不能继续开得下去。

好在有她的老同学高淑珍的无私帮助。办完退休手续的高淑珍谢绝了公立养老院的留任美意，义无反顾地加入王花玲的养老团队，当起了她的主要幕僚，参与了"登封市长春居养老公寓"的日常管理和服务工作。接着王花玲又主动出击，多次到郑州、洛阳等地学习先进的管理、经营和养护经验，初步掌握了敬老院管理的第一手资料，聘请了几位经验丰富的财会、管理及10多位精明能干的服务员，清退了几个不负责任、敷衍了事的家族式员工，大刀阔斧地改进了工作思路和工作方法，积极采取让员工走出去学习经验，到外地聘请优秀员工来院教学、讲课的有效办法，着力加强职工队伍素质建设，提高员工个人业务能力。

另外，她还到巩义、新密、偃师、荥阳、禹州、郑州等地散发宣传广告，动员亲戚朋友为她主动拉客源。经过她的辛苦运作和不懈努力，再加上她的养老公寓有着收费公道、服务周到、关怀贴心、就医方便、温馨如家的良好信誉和优美环境，公寓的业务有了大幅度的增长。一时间，大批的外地老人及其家属慕名而来，狭小的养老公寓立刻顾客盈门，200多个床位全部都住上了前来养老的老人。

四

　　长春居养老公寓这个温馨家园里住满了前来养生、养老的老人，他们那饱经沧桑的脸上的幸福笑容，以及家属们的点头称赞，都足以证明登封市长春居养老公寓的良好信誉和幸福指数。望着熙熙攘攘的探亲人群、来来往往的大小车辆，王花玲那憔悴的脸上也情不自禁地露出了喜色，她对今后的养老事业也充满了信心。

　　养老公寓里住满了老人，新的问题又摆在了王花玲的面前：服务员严重缺员，有经验的更是难找。情急之下，她只得高薪养员，即使这样，繁忙的时候服务员还是倒腾不过来。在紧急时刻，她不但亲自上阵，而且将自己的两个弟媳送到了一线，暂时解了燃眉之急。后来，她经过认真细致的遴选，又接连聘用了几名优秀的服务员，才算彻底改变了公寓服务员青黄不接的状况，过上了一段经营有序、稳步推进的消停日子。

　　令人不解的是，公寓里几名平常表现良好，且私交还不错的服务员突然间向她提出了辞职申请，这也把王花玲打了个措手不及，她的思想上怎么也拐不过弯来。在那备受煎熬的几天当中，她翻来覆去也想不出个所以然，她很想知道到底是什么原因导致了这些员工的突然离职。经过她和高淑珍等人耐心细致地做思想工作，有两位服务员留了下来，另外几名执意离开了养老院。后来，一位留下的服务员私底下透露了一点内幕，原来她们是被邻邦乡镇的宾馆高薪挖走了。

从此以后，王花玲一改过去那种大大咧咧的生活习惯，对她的员工更加友好和无微不至地关怀，她把员工们视如兄弟姊妹，无论是工作和生活，还是家里家外的事情，她都会一视同仁、积极帮忙，并根据大家的工作年限及工作情况增加了绩效和工龄工资。自那之后，养老公寓里除了有几位员工因年龄原因离职外，再也没有发生过员工无故辞职的事情了。

一位干过服务员的李姓大姐曾经这样说过："我虽说只跟着花玲干了两年服务员，但我们在工作中结成的亲密关系，胜过朝夕相处几十年的亲姐妹。"每每提到这些事，王花玲总是会深情地说道："是养老事业把我们联系在了一起，这也是我们兄弟姊妹之间割舍不断的一种缘分吧。"

从此以后，花玲就与养老公寓里的老人们结下了不解之缘，也踏上了她所钟爱的养老事业的万里长征。

五中情结

青春，在漫漫的人生长河中只是一叶小舟，黯然逝去，不曾有留恋。登封五中，我的母校，是我人生的一段旅程，一段关于1976至1980年的珍贵记忆……

前几天，从网上得到消息，我的母校登封五中即将"消逝"，我的内心五味杂陈。母校承载着我的青春，如果母校"消逝"了，那么我又该到哪里去寻找青春的记忆呢？

登封五中总面积近三万平方米，坐落于登封市西部重镇大金店镇北部的凤凰岭上，背靠挺拔俊秀的嵩山少室山峰，弯弯曲曲的颍河像一条丝带似的向远方飘去；南傍历史悠久的大金店古集镇，207国道和323省道在此交会，使大金店成为郑州通往平顶山、洛阳等地的交通枢纽。

登封五中创建于1956年秋天，其前身为大金店完小附设的初中班，时称"戴帽中学"；1957年在大金店北部凤凰岭上建设新校址，教室、礼堂、教师办公室（工字楼）均为砖瓦木结构；1970年学校曾易名为大金店完中；1975年，学校试办理论班、机电班、财会班、文艺班、农机班、红医班等专业班；1978年暑假后，登封五中初中部撤销，仅留高中部，并易名为登封县第五中学；1980年，登封五中压缩普通高中班，开始创办美术专业班；1991年暑假后，登封七中也并入登封五中。至此，登封五中历经了多年的沧桑风雨，走出了一条艰苦创业、勤俭办校之路；走上了一条科学化、正规化、规范化管理之路；走上了一条改革发展、全面振兴的科学探索之路；走上了一条桃李满天下、誉满名就的成功之路。今天，登封五中完成了她的历史使命，并光荣地载入了史册。

我是1976年上的初一，1980年参加的高考。在校期间，学校已经是最好的模样，环境幽雅，设备完整，师资雄厚，教风严谨，学风端正，秉承"一切为了学生，为了学生一切"的教育理念，始终坚持德、智、体全面发展和"德育为首，育人为本"的办学方针，是一所具有明显特色的市属农村普通高中。"今天，我以五中为荣，明天，五中为我骄傲"，这就是登封五中的校训。

怀念五中，思念母校。

我印象中的登封五中校园，东大门向南是一条长约三百米的沙子土路，后改为南大门，在大金店粮店的西边。校园南部的东、南、西各有一个大操场，我初高中的体育课，篮球、乒乓球、排球、单双杠、长短跑，以及早操、课间操等健身活动就是在那里进行的。在那片土地上，曾经留下了我们滚烫的汗水和青春的脚印。还记得在高中一年级的一次学校运动会上，年少冲动的我报了个一万米长跑项目。在长跑比赛中，我也曾一马当先，快步如飞，但当我跑完了几圈后，就有些气喘吁吁了，慢慢地，参赛的大多数同学都跑在了我的前面。我没有气馁，没有丧气，鼓足勇气，继续前行。我跑步的速度越来越慢了，场外有同学高喊让我退赛，我执意不肯退场。我忍受着身体的高度疲劳和精神上的巨大压力，决心要坚持跑完这场比赛。长时间的奔跑，累得我筋疲力尽，两眼发黑，神情恍惚，越跑越慢……汗水湿透了我的衣衫，也迷糊了我的双眼，我只能看到跑道的白线，其余什么也看不到，什么也听不到，仿佛世界静止了一般。我的心中只有一个念头，必须跑到终点！当坚持跑到终点时，我瘫坐在了地上。这次长跑比赛我虽然没有拿到名次，但当时的我也不知道哪来的勇气，能够坚持跑完一万米跑道。

在南操场的南边是一座工字楼，那是学校领导办公住宿的地方。南北向四排教室就在学校的中心位置，每排四间教室，中间有一条宽阔的石子路，我初高中丰富多彩的校园生活就是在这里度过的。教室东边是公共厕所，北边是教师寝室和学生寝室，西边是礼堂、食堂、菜园，西北部是校办工厂。在第二排中间路上的桐树上挂着一个炮弹壳做成的钟。钟声就是命令，它指挥着我们，伴随我们度过了我们的中学生涯，提醒我们作息的时间，给了我们学习的规矩和规则，给了我们无限的快乐和莫名的忧伤。

记得我的初中二年级是在东三排西教室上的课，初二上半年的学习生活并不紧张，同学们都在悠闲自在中晃悠着。第二学期开始后，中招改革了，上高中也需要考试了（以前是初中直接升入高中），老师们极力督促学生们好好学习，积极复习各门功课，准备参加中招考试。到了这个时候，大部分同学才慌了手脚，开始知道努力学习了。在这个非常时期，我也在认真读书，刻苦学习，积极备考。

1978年暑期过后，经过不懈努力，我与部分同学一起考上了登封五中高中部。从我们这一届初中学生毕业之后，登封五中的初中部就撤销了，学校完全变成了高中。我们这一届初中学生也就是登封五中的最后一届初中毕业生了。李瑞玲、刘艳玲等佼佼者考入了中等专业学校，成了改革开放以后，登封五中首届也是最后一届由初中考上中专的学生。

上高一后，我的教室就在西一排西间，距西操场、礼堂、食堂、西菜园、井房很近。高中一年级的新生生活是新鲜、紧张、有趣的。年轻气盛的我，在班主任老师的鼓励下，不但当上了班长，还被选为学校学生会的副主席，整天带着学生会干部检查卫生、纪律、劳动、早操等，忙得不亦乐乎。在自习课上，我坐在讲台上监督同学们学习，尽职尽责地行使着班长的权力，有时还把自己摘抄的名言警句抄在黑板上，让同学们学习、抄录。当时的我，确实在学校和班级里风光了一把，是个风云人物，也为日后考不上大学埋下了伏笔。

记得当时还有几位刚刚恢复工作的老教师，他们都是勤勤恳恳、任劳任怨的好老师，体育老师安金超就是其中的一位。他是一个身材瘦削、大嗓门、异常倔强的老头。他之前在东北生活过多年，爱好喝点小酒，性格豪爽，为人仗义。他也经常接济贫困学生，颇受学生们的爱戴。他当时住在西操场北主席台上的几间房子里（其中有两间是体育器材室）。安老师待人和善亲切，爱好体育锻炼的同学们都愿意接近他。他有时也会让师娘做点好吃的饭菜让同学们吃，同学们都很愿意和他接触。有一次，他从东北带回来了一棵蜜桃树，就种在门前的花盆里，结出来的桃子个大蜜甜，红嘴绿身，粉嘟嘟的，非常好吃，当年我就有幸品尝过。

　　高中二年级的学习生活紧张有序、丰富多彩，五中校园里到处充满了同学们勤奋学习、刻苦读书的良好氛围。教室里、阅览室、操场角、树荫下、菜地边、院墙根、寝室里，各个角落都有同学们读书学习的影子。

　　1979年登封五中的高考成绩在全县爆了个大冷门，高招录取人数在登封县各所高中名列前茅，顾建钦、李建霞、赵全卿、杨洪水等一批优秀学生被全国各大名校顺利录取，后来都成了祖国各条战线上的精英之才。

　　登封五中79届同学们的高考成绩，极大地鼓舞了我们80届的学子。学长学姐们的实践证明，只要努力学习、认真读书，就能够走出农家，鲤鱼跃龙门。同学们更是夜以继日、废寝忘食地发奋学习、潜心研究，校园里呈现出了一派你追我赶、相互学习的良好学习局面。

当时，我们有很多同学都是吃住在教室里，无论是酷暑严冬，还是凌晨、黄昏，在教室的电灯开灯前或熄灭后，他们仍会借着昏暗的煤油灯光，书写作业、专心研究，渴了就喝口凉水，饿了就啃口干馍，累了就坐在凳子上眯一会儿，困了就趴在书桌上打个盹儿，每天睡觉都在零点以后。夏天就在地上铺张凉席休息，蚊子叮咬了也不耽误睡觉；冬天就把课桌合在一起，盖床被子几个人抱团取暖。隆冬长夜，跳蚤、虱子乱蹦乱跳，咬得我们睡不着觉时，我们就围坐在冰凉的被窝里，各自数着数字逮跳蚤、虱子，嗨、嗨、嗨，将跳蚤、虱子一个个地用手指甲盖狠狠地挤死，消灭掉，我们戏称其为打大炮。

艰难困苦的日月终于熬过去了，我们历经千辛万苦迎来了1980年的高考，陈中计、李占有、高宏伟、闫文定等优秀同学都榜上有名，而我却名落孙山，真是惭愧至极呀。1980年的高招也是登封五中收获颇丰的一年，二十多名同学走进了高等学府。登封五中79届、80届高中毕业生的高招录取人数，成了登封五中校史上最为辉煌的一笔。

登封五中走过了63年的光辉历程，为高校和社会输送了大批优秀人才，也为祖国的伟大复兴增添了许多栋梁之材。他们不忘初心、牢记使命，在祖国的各行各业里发挥着自己的聪明才智，贡献着青春和力量，为祖国的繁荣昌盛和社会发展做着既平凡而又伟大的事业。

如今，登封五中已经完成了她的历史使命，永远载入了史册，昔日的辉煌成了光荣的历史。作为登封五中的校友，我为母校的伟大而骄傲，为母校的辉煌而自豪，自豪于登封五中校友的称号。

请永远记住我的母校——登封五中。

兴隆寺沟村

寺沟村位于登封市唐庄镇东北山区，北靠巍巍五指岭，西依龙山海蚌岭，东邻竹园凤凰山，南接玉台月台岭，省道235从村东穿境而过，滔滔双洎河滚滚向东南流去，在村东南及东北部新修有两条水泥道路，通往寺沟村的五个自然村，村内四通八达、交通便捷。

寺沟村由王家门、任家门、凌家门、杨家门和高家门五个自然村组成，境内峰峦叠嶂、沟壑纵横、依山傍水、森林茂密、空气清新、环境优美、风光宜人、景色旖旎，是一个古朴典雅、文化厚重、风景秀丽、环境幽美的美丽山村。

寺沟村因过去有个大名鼎鼎的兴隆寺而得名，据登封市文物史料记载：兴隆寺遗址位于登封市东北约十四公里的唐庄镇寺沟村南部，该寺院始建于南北朝，盛行于隋唐，延续于宋、元、明、清及民国时期，直到解放初期，一直都是闻名遐迩的嵩山七十二寺院之一。

兴隆寺建在寺沟村中南部的一条河沟沿上。为了行走方便，就在寺院的山门南建造了一座长 35 米、宽 5 米、高 10 米的拱券青石桥。桥下溪流淙淙、清澈见底，岸边柳垂杨绕、蜂飞蝶舞。桥上青石铺面，桥体两边竖立有坚固的青石栏杆，中间空隙用砖砌有十字花，在桥西段拱洞上方，装饰有栩栩如生的龙头和活灵活现的龙尾，寓意为"兴隆昌盛"。

兴隆寺分为东、西两个院落。东院为主院，其山门为歇山式，单檐、花脊，绿色筒瓦盖顶，正脊镶有宝瓶，两端饰有琉璃吻脊兽，双开红漆大门，门楣上边镶嵌有"兴隆寺"匾额。院内中央有一大影壁，正面镶嵌一块约三平方米的抛光磨面青石匾，上有约两平方米的阴刻行书"福"字，右上落款为陈抟书写，右边书同治四年乙丑（即 1865 年），大福字长约 1 米，宽 0.7 米。

兴隆寺的福字为宋初陈抟，宋代道士，字图南，自号扶摇子。亳州真源人，平生爱好书画，著有《无极图》《先天图》刻于华山石壁）的真迹，其字道笔酣墨饱、苍劲有力，浑厚流畅、端庄大方，那石刻大"福"字左边的示字旁，酷似老寿星的龙头拐杖，右边则形似一位老态龙钟的老翁守着一大片肥沃的良田。那隐隐约约的山居、潺潺流水的小溪、苗壮成长的庄稼，寓意人们过着衣食无忧的田园幸福生活。再从运笔上看，陈抟道士的用笔是挥笔而就、一气呵成，龙飞凤舞，令人叹为观止。

兴隆寺的正殿是佛祖大殿，共有三大间房屋，面积百余平方米。建筑风格为硬山式出前檐，碧绿色筒瓦盖顶，顶有砖砌花脊，正中有高大瓷塑宝瓶，正脊两头装有巨龙兽吻脊，屋门为原木夹透花方格棂雕以花卉，地面为方砖、条石相间铺成。大殿中间后壁建有一座莲花台，台上塑有2米多高的金妆释迦牟尼佛祖像，他正面屈膝盘坐，面容慈祥大方，颇有普度众生之神态。在佛祖身后有泥塑神背光，东西两壁彩绘有多幅栩栩如生、形象逼真的佛教人物及故事壁画，整个大殿雕梁画栋、气势雄伟、威武壮观、富丽堂皇。东配殿堂为关公殿，西配殿堂为菩萨殿，两个殿各为三间，亦为歇山式，灰筒瓦盖顶，殿内亦塑有佛像和彩绘壁画。

大殿后为僧侣们常住院，僧侣们的生活起居都在此。昔日那数以百计的僧侣们穿梭于殿堂内外，忙碌于院里院外，那浑厚低沉的诵经、祈祷之声响彻山谷，香火袅袅，弥漫在寺院上空。

兴隆寺前后院种植有几十株参天古木，尤其是寺院东南角与大石桥夹角处种有一棵数千年的古老国槐树，树丁高约5米，树冠约有6米，覆盖面积约200平方米。更为独特的是，这棵饱经千年沧桑的古老柏树上还长有三大主干树枝，一枝悄悄伸向寺院里面，一枝悠悠伸出院外，一枝弯弯倾向河沟，晴天丽日之下，树影倒立水面，微风掠过，碧波荡漾、枝颤叶舞、树影妖娆，影水合璧、相映成趣。

兴隆寺内建有楼台亭榭，荷花仙池内鱼翔虾跃、乌龟逍遥，池塘边杨柳飞舞、鸟语花香；院内东北部立有数十座历代名士书写、篆刻的石碑，记载了兴隆寺的光辉历史和发展历程；院内还矗立有几十块形态迥异的嵩山奇石，立躺侧卧、景象万千、鬼斧神工、浑然天成；院内的空闲地里还种有菊花、海棠、月季、芍药等花卉及翠竹、苍松、翠柏、核桃、柿子、石榴等果木树种，春和景明之时，草木葱茏、百花争妍，中秋佳节来临时，硕果累累、瓜果飘香，为这个历史悠久、底蕴丰厚的中州古刹增添了几分神秘的色彩。

寺庙的西院为天王殿，设有东西配房，均为18世纪的重修建筑物，亦有媲美东院的山门。西院也种有十几株盘根错节、葱郁如盖、高大威武、枝叶婆娑的苍翠古树和各种各样、芬芳怡人的时令花卉。

6世纪末与7世纪初的隋唐时期，是兴隆寺发展的鼎盛阶段，因其靠近登封、密县、巩县、禹县、伊川等地，位于商贾云集、百姓往来的南北交通要道，又是中原地区香客朝圣嵩山中岳庙后，赶赴五指岭老庙山进香拜谒神灵的必经之路。因此，每年的农历早春三月和深秋十月，来自四面八方数以万计的善男信女、虔诚香客，在赶罢中岳庙大会以后，都会成群结队、络绎不绝地从寺沟村经过，于是他们便自然而然地到兴隆寺来上香许愿，讨个吉利。每逢这两个月份，兴隆寺里更是烟雾缭绕、香火旺盛，人声鼎沸、热闹非凡。当地曾流传有打油诗盛赞：

嵩北兴隆寺，依山傍水中。

宛若仙境地，金碧辉煌宫。

早闻晨钟鸣，夜听暮鼓声。

僧侣近百人，虔诚奉神灵。

青烟轻缭绕，红烛昼夜明。

朝拜人如流，伴有诵经声。

群山抱古寺，中州留美名。

兴隆寺曾经有过1000多年的辉煌历史，兴盛时期，寺院总面积高达3000多平方米，建筑面积约有800多平方米，置有农田200多亩，僧侣数量多达百人，因其规模宏大、香客众多而名闻中原大地。兴隆寺既是登封县境内著名的寺院之一，也是嵩山乃至中原地区久负盛名的名寺之一。

清末钦命废寺田为学田制后，兴隆寺办国民学校，寺院里的僧侣也逐渐减少，但烧香祭祀、磕头许愿等香火不减，节日社火、戏剧上演等民间集会仍持续不断。20世纪50年代初期，兴隆寺寺属土地均分配给当地村民耕种，又因1958年之后兴修寺沟水库的需要，兴隆寺院被全部扒毁，其遗址被淹没于寺沟水库之中。院中的各种文物荡然无存，千年古寺毁于一旦，实属千秋之憾事。

古老的兴隆寺因为时代变迁，已经黯然消失在历史的长河之中，在它的遗址上，当地政府和人民群众已经修筑起了一座山涧小型水库。在寺沟水库的上游，任家门村的岩缝之中，有一处长年不枯的山泉水，泉水从深深的地下岩层里喷涌而出，汩汩流淌在数条峡谷之间，积流成溪，蜿蜒曲折地流入了下游的寺沟水库之中。

正如毛泽东诗云："截断巫山云雨，高峡出平湖。"在寺沟中部高岗处汇聚了海蚌山及相邻山涧的溪水和山泉水，聚成了碧波浩渺、清澈如银的水库，几十年如一日灌溉着中下游的千亩良田，滋润着周边山坡干涸贫瘠的林地，滋养着成千上万的家禽和牲畜，为当地的自然生态环境带来了春意盎然和勃勃生机，为勤劳善良的村民们送来了丰硕的果实和幸福美好的生活。

那阳光明媚、水天相连、杨柳青青、绿树掩映、泉水欢唱的优美自然环境，那漫山遍野的山花和新鲜山果，农家院里那五谷杂粮、家禽野菜、石磨豆腐、粗茶淡饭等，也引来了许多舞文弄墨的文朋诗友，携带长枪短炮的摄影大家，他们不但在这里游山玩水、观水听涛、吟诗作画、卧石听风、谈古论今、引吭高歌，还为这个风水宝地、偏僻山村留下了一首首气壮山河的壮丽诗篇，还在这里拍下了一张张美轮美奂的精美照片，将他们的亲身经历和美好记忆永久地保留在了镜头之中。

当你在不经意间，走进了海蚌山下那茂密苍翠的原始树林，平心静气闻听林中那鸟语虫鸣，心旷神怡吮吸清风中的百花清香，纵目仰望天空那云卷云舒，仔细观赏山石之间那秀色美景，极目远眺山石之间的苍翠碧绿，欣赏群山峻岭中那万壑争流，立刻就会明目清神、心情愉悦，清除心中那钝郁烦忧，忘却身边那些繁杂琐事，这岂非人生一大快事？

寺沟村境内的那奇峰秀石、幽深丛林、千岩万壑、巨石嵯峨

135

的幽美环境，以及凌家门北面尚未开发的地下石灰岩形成的天然溶洞，待时机成熟后，一定会以五彩斑斓、绚丽多姿的绝美形象展现在广大游客面前。那些千古流传、神秘莫测的"杨二郎神担山，一脚蹬在海蚌山，一脚踏在五指岭，在海蚌山附近留下了巍峨险峻的石人脚山峰；西汉末年的王莽撵刘秀时期的"刘秀义军那刀枪剑戟、万马奔腾的跑马场"等家喻户晓、脍炙人口的美丽传说，以及抗日战争时期，八路军巩登密抗日联合区军民同仇敌忾、英勇战斗，奋力抗击日伪军进攻的动人故事……无不令人朝思暮想、心驰神往。

寺沟村，这个山清水秀、景色绮丽的美丽山村，将会以崭新的风姿，迎来一批批前来观光旅游、修身养性的八方宾朋。他们会在蓝天白云下惬意畅游，在绿荫如盖的山道上悠闲漫步，在广阔无垠的丛林山水之间纵情徜徉，在仲秋之夜观赏明月高悬，在泉水叮咚中静卧坐禅，在诗情画意之中浮想联翩，纵情歌唱；在春回大地之时感受一下万物萌动、大地复苏的美妙生活，在春耕秋收季节体验一把耕种犁耙、镰飞锄舞的农耕活动，在金秋时节品尝一口新鲜瓜果满嘴飘香的美味，在数九寒天观看一下银装素裹、遍地冰挂的山村景象……

这里的旭日东升、日落西山、山水草木，层层梯田、乡思乡愁，乡音乡情……一定会给你的人生留下一份深刻的记忆！

穿越花峪—龙池大峡谷

立冬后的一天上午，我和几位挚友相约去登山。我们迎着和煦的微风，顶着暖暖的阳光，一路风尘仆仆地来到了美丽的花峪仙谷。在曹家门村河滩处停车后，就踏上了前去花峪—龙池大峡谷的征程。

我们沿着天地相连、山水相间的深山仙谷，踏着坎坷不平的碎石小路，踩着铺满鹅卵石的花峪河谷，翻过一道曲曲折折的小山坡，经过了新密市张家门古村，摸过了那棵300年树龄的黄连木老树和那棵经历了500年沧桑的古槐树，拜访了村子里的名门旺户"张老师家""老村长家"和私塾"桃源学堂"。

我们站立在山坡高处，俯瞰脚下的深山野谷，只见山谷中云雾缭绕，美不胜收，喜鹊谷、老皂角树、古老村落等若隐若现。纵目向西北方向瞭望，只见山谷中那顺着山势呈半月形的"月亮湾"湖水，在晴天丽日下，水天一色，苍苍茫茫，水鸟侧飞、鱼翔虾跳，微风掠过，碧波荡漾。

我们健步走进了久负盛名的"世外桃源"，漫步在砂石铺就的山间小路上，仰望四周，只见群峰突兀、逶迤延绵、奇石林立。那仙谷里绿树掩映、树木葱茏的美丽画面，那童山濯濯、异峰突起的威武雄壮，那紫灰色千枚页岩的坚韧刚强，那红色赤铁质页岩的彤彤红光，那五指岭油石的油润细腻，嵩山美玉的优良品质……统统尽收眼底。

远处那庙坡山、挡阳山、国公岭、凤凰岭、白尖寨等奇异山峰的高大雄峻，那漫天遍野、五彩缤纷的奇石世界，有名称的使人浮想联翩，无名之辈神秘莫测。

走过一段被朋友戏称为高速公路的路段后，我们便随着山谷的走向，进入了一条更加深邃隐秘的大峡谷。我们沿着卵石纵横的河道，贴着沟边的羊肠小道，拨着齐腰深的蒿草，窜沟越岩、登石踏阶、爬上爬下、跳来跃去，艰难地跋涉在仙谷的山水之间。我们时而挽腿过河，时而攀石附岩，时而披荆斩棘，时而斩条折枝，时而拾级而上，时而跳跃沟坎，时而屈膝弯腰……

我们走进那渺无人烟的谷底，仰视着那白云悠悠的蓝天碧空，那层峦叠嶂、郁郁苍苍的山峰，腾空突兀的石庵，那连山石壁上镌刻的大红福字，俯视着拦河横截的石坝，卵石交错的干涸河道，以及那星星点点、积水成坑的水潭，芳草萋萋、无精打采的枯黄水草，蹦来跳去、忙个不休的蚂蚱、昆虫，侧耳倾听着那悠扬悦耳的喜鹊叫声，做着"喜鹊喳喳叫，好事要来到"的黄粱美梦，尽情呼吸着高山峡谷里的清风仙气，闻着那沁人心扉的野菊花香……仙谷里的美景随着我们的脚步一掠而过，心中的忧愁和烦恼都被忘却得一干二净。

汗水悄悄爬上了我们的额头，贴身的内衣有些潮湿，浑身上下也有些燥热了。忽然，一股凉风迎面扑来，仰脸一看，只见山谷已经到了拐弯处，一处别具特色、形状怪异的奇石峰林横亘在眼前。褐红的颜色、斑驳的石纹、高耸的石柱，妙趣横生，引人入胜，仿佛一处精妙绝伦的世外桃源。峡谷中间的一块连山巨石如拦路虎一般挡住了我们的去路，巨石左侧是一条狭窄的山沟，有一个不大的积水潭，那清澈见底的水面上，漂浮着一片片落叶，叶片在微风的吹拂下，轻轻地在水中飘荡着、碰撞着、翻腾着，并不时地激起一层层细微的涟漪来。

我们相互搀扶着登上了大石头，坐下来休息一会。我站在巨石上面，登高望远，向南，是峰峦环立、丹崖怪石、削壁奇峰、巨石嶙峋；向西，有石笋林立、高耸入云；向东，那一座巨大石壁似摩天大楼一般侧身矗立，像要倾覆下来一般面孔狰狞、咄咄逼人，东山顶上，那密密匝匝的树林好似扣在绝壁之上的一顶黑色毡帽，在那悬崖绝壁的缝隙里，还生长有一簇簇鲜艳的野菊花，它们在山风之中拼命地摇曳着、狂舞着；向北，那宽阔明亮的深山坳里，有一条布满鹅卵石的干涸河道，曲径通幽般伸向遥远的北方，远处有五指并立的五指山峰，巍峨挺拔的电视转播塔，河道两岸还有茂密的野生灌木丛林、妖娆多姿的自生野藤植物、树叶干瘪枯黄的橡子树和一人多高的荒芜蒿草……

我们小心翼翼地爬下巨石，顺着幽静寂寞的河谷继续向北前进，那怪石丛生、巨石嵯峨的河滩里，到处都是石头家族的部落，有的个大如牛，有的玲珑剔透，有的安如磐石，有的摇摇欲坠，有的雅趣天成，有的鬼斧神工，有的光滑如玉，有的粗糙不平，有的金鸡独立，有的合抱相拥，有的兀立如柱，有的卧虎盘龙，有的像仙人指路，有的如孔雀开屏，有的凶神恶煞，有的面若桃花，有的像窈窕淑女，有的似百岁老翁……山谷里的石头家族真是五颜六色、千姿百态，神态迥异、妙不可言！

行走在空山野谷之中，享受着大自然给予我们的新鲜空气和爽心悦目的美丽风景，我们既可以尽情地放飞自我，也可以纵情游离在青山绿树之中，这是一件多么开心惬意、心情愉悦的美事啊！我们在观赏了这些卵石、巨石、花砾石等形态各异、五彩斑斓的奇石后，也深深地为它们那种特立独行、自强不息的精神所折服。正是由于这些神奇生灵的存在，花峪—龙池这道深山幽谷里的天然画廊更增添了许多异彩纷呈的美景和妙趣横生的意境。

大约两小时后，我们终于到达了塔水磨龙池村的外河口河滩，右首有座清秀的鹅眉峰，左首是座龟驮峰，从中央那豁然开朗的山口，一眼就看到了隐藏在崇山峻岭之中的龙池村。

进入村口，我们偶遇了一位神采奕奕的老者，他是一位当地有名的山里通，他指着仙谷两边的山峰说道："鹅眉俊秀东边坐，金龟把门在南边，水口之处有奇峰，苍龙出海要腾空。"这句顺口溜，形象逼真地描绘了龙池外河口的地理位置。

再往谷里走，首先映入眼帘的是东山那昂首挺胸的虎头峰和西山那座巍然屹立的虎头山，两座山峰正虎视眈眈注视着南方，忠心耿耿地护卫着幽静的龙池村，还有峡谷中间的黑龙池和黄龙池两汪水潭，也应了老者的另一句"双虎把门两面坐，两个龙潭耀眼明"的顺口溜。

我们跟着老者来到村东郝家门的那棵老栎树下。这棵古树树身足有10多米高，5米多粗，树荫盖地3分有余。据专家推算，其为千年古栎树，可与嵩阳书院的周朝古柏相媲美。站在这棵千年的老栎树下，看着那饱经沧桑的树皮及寒风中纷纷扬扬飘零的落叶，一边听着老者娓娓动听的讲述，那有关古老龙池的风花雪月，以及"巩登密抗日民主联合区"军民在龙池村西的柏枝崖寨上，齐心协力抗击日伪军队进山扫荡的战斗故事，一边欣赏着龙池古村的山水风光，我们情不自禁地对这个深山古村有了几分敬意。在老者的盛情相邀下，我们随他前去参观登封境内的黄龙池。

我们沿着崎岖不平的山路向前走，越过了一道拦水大坝，大坝里积满了水，形成了一汪硕大的水潭。老者介绍说，这座坝是近几年新修的，为的是多积些山水，以便观景和应急使用。跨过潭边，经过一座九龙圣母庙，绕过那刻有"黄龙池"的七彩石和金蟾石，我们便来到了仰慕已久的黄龙池。

龙池村后的黄龙池是由新密境内的黑龙池潭水冲泻而下形成的，而黑龙池则是峡谷中的一个深水潭。据说，黑龙池中的水和崖壁都是黑色的。这个水潭很少有人前去，当地的百姓对它非常敬畏，视它为阴曹地府，据说镇守黑龙池的龙王爷是受了玉皇大帝之请，才在此福泽百姓。

黄龙池崖壁上方那清澈透明、熠熠闪光的激流飞瀑，如发怒的蛟龙一样，从数十米的悬崖边上虎啸龙吟、飞扑泻下，直捣黄龙潭心。说来也是奇怪，那晶莹雪白的高空飞流一旦落入潭中就变成了浑黄的颜色，这也是黄龙池令人费解之处！

老者说，在新密境内还有一座马鞍山和一座轿顶山，就掩映在北边那延绵起伏的群山峻岭之中，在那里，发生过许多鲜为人知的神秘传说和传奇故事，他极力推荐我们抽空前去观光旅游。最后，他又诙谐地诵出了一句歇后语："吉星高照轿顶山，天马行空落下鞍。"形象地勾勒出了那个地方的秀美和幽静。

我们静静地听着老人声情并茂的解说，观看着那灰黄幽深的潭水，扶着池边石缝中那棵树根鼓包的高大杨树，观赏着水潭边那婀娜多姿的垂柳，审视着这充满诗情画意的山石河滩，吮吸着山涧那幽幽的清风花香，享受着山谷里那独有的宁静和安逸……

恍惚之中，一种超凡脱俗的仙气在脑海里轻轻游荡，如同一阵阵轻松舒畅的音乐盈入了心房，我立即心领神会地与陶渊明大师的灵魂深切交融，仿佛到了那柳暗花明、山明水秀的世外桃源，那种清风拂面、神清气爽的美妙感觉，令我陶醉于这人迹罕至、万壑绵延的峡谷山水之间。

那山那寨那橿树

春节刚过，我和几位朋友就计划着前往仰慕已久的嵩山北麓门头寨。

这天上午，春光明媚，艳阳高照，蓝天上白云悠悠，我们开始了我们的行程。朋友推荐了两位当地老乡做向导，其中姓赵的老汉，是一个年近八旬的老山里通。他身材魁梧，脸庞是古钢色的，笑起来就像盛开的菊花一样灿烂，说话粗声粗气，是标准山里人的直筒子脾气。另外一位是一位七十开外的老大娘，个子不高，有一张赤红的圆脸，慈祥和善，微微下陷的眼窝里，一双深褐色的眼眸，诉说着岁月的沧桑。她身穿一件黑底红花的棉袄，花白的头发在微风中飘扬，肩挑两个装满食品的袋子。虽说是负重而行，她满面春风，精神抖擞，脚步稳健。

刚走了一会儿，我们就已经浑身冒汗、大汗淋漓了，棉袄也被我们脱下系在了腰间。一路向上，蜿蜒曲折的山道十分难走，路况异常复杂，有的地段坚石交错，有的地段石阶连连，有的是杂棘丛生，有的是荒草铺垫，有的紧靠悬崖峭壁，有的邻近百丈深渊。道路高低不平，磕磕碰碰，坚石怪岩，硌脚绊腿。虽然说小路两旁的荆棘、树梢还没有发芽，但四处蔓延的枝条还是会不时地挠脸刺手，在我们的身体上留下一道道红色印记。有时候，那些尖利的酸枣树枝还会刺破衣服，草丛里的灰圪针扎满了裤腿。望着遍体鳞伤、步履维艰的伙伴们，看看那高耸入云、一眼望不到边的通天山路，我不禁为参与今天的活动感到一丝懊悔。而神采奕奕、步履轻松的老赵一直走在我们的前面，他一边走一边还不时地折枝分杈，为我们开辟道路，扫清路障。看着向导们身负重担还脚下生风，我们几个两手空空却双腿打战，举步维艰，真为他们强健的体魄心悦诚服。

小路越来越窄，越来越险。有些路段就是巨石上凿就的台阶，不但光滑，而且陡峭，我们几个不得不相互搀扶，同心合力，手抓脚蹬进行攀缘才能上行。初春的天气说来也怪，刚才在山下还是和风习习、温暖如春，到了山上却是狂风大作，枝丫飞舞。大风在峡谷之间可劲地横冲直撞，恣意妄为。狂风所到之处，简直就要把荆棘杂草都连根拔起，要把路人刮跑。一阵阵震耳欲聋的呼啸声使寂静空旷的荒山野岭更显得神秘莫测、阴森恐怖。

一小时的路程下来，我们几个伙伴就已经是两腿僵直、膝盖发软了。我迈着困乏的脚步，颤颤巍巍地走在队伍的最后，老赵边走边提醒着我不要掉队。当我急切地问他，距山顶还有多远时，他乐呵呵地说："快了，马上就要到山顶了。"

终于到达了目的地。在一背风阴凉处，一排齐腰高的蒲草正绽开笑脸欢迎着我们，山坡边的驴尾巴蒿草苗壮成长，绿油油的叶片向远道而来的我们不停地点头示意，不远处的几间老土坯瓦房映入了我们的眼帘。

虽然过程很艰辛，但是一路走来，我们观看了巨石上面的"鲤鱼跳龙门"，端详了国画石上面的天然山水画，目不转睛地注视着崖头上蹦蹦跳跳的小松鼠，仔仔细细地研究了岩石缝中顽强生长的古老崖柏，瞭望了蜿蜒如龙、层峦叠嶂的山脊，远望了那郁郁苍苍、神秘莫测的峻极峰顶，回眸瞻望了对面巍峨挺拔的蛤蟆头和云雾缭绕的招风头岭，纵情远眺了那威风凛凛的东龙门要塞，俯视了那"碧溪锁九龙，悬崖挂飞瀑"的壮美景观。从山陵众壑中纵目远眺了那波光粼粼、光洁如银的嵩山小天池——纸房湖，遥望着山林中隐藏的"石龟漫步""虎头崖""金蟾献瑞""猴子探月""骆驼峰""龙头石""狮子岭"等栩栩如生、惟妙惟肖、千奇百怪的奇峰异石，游览着大美嵩山深处的美图丽景，聚精会神地倾听着老赵讲述的嵩山悠久历史和美丽传说，寻觅着九曲龙王河那富有神秘色彩的历史故事，走着、听着、看着、思着、想着、念着，我仿佛进入了那虚无缥缈的海市蜃楼之中。

山顶的阳光明媚、空气清新，为了不负春光，广览秀色，我们便将几个由树根、树枝组成的凳子搬到院子里。微风徐来，撩发拂面，顿觉脑清肺润、心旷神怡。风尘仆仆的老赵招呼我们进屋休息，辛勤的大娘不顾长途跋涉的劳累，放下肩上的袋子，便进入厨房生火、烧茶去了，我们便与老赵围坐在小桌子旁边，促膝长谈。

一打开话匣子，老赵就滔滔不绝地讲了起来：门头寨位于唐庄镇王河村西部，相传北魏时期，魏庄王曾经被困在这里，只好安营扎寨。因魏庄王所筑的山寨位于嵩山地区的东龙门山头上，故后人称之为门头寨。山寨原有东西南北四个门，由于千余年来山下的村民在此开荒种地，长年侵袭，昔日巍峨雄壮的山寨墙也逐年消失，只剩下一节节不连贯的残垣断壁。据说村民们在此种田时，曾经捡到过印章、镰头、秤、斧头、铸铁锅等用具。说到此处，老赵还回屋拿出了珍藏多年的铸铁锅让我们鉴赏。看着那锈迹斑斑、残缺不全的铁锅，我不由自主地陷入了深深的冥思之中，仿佛看见了远古时期那金戈铁马、兵戎相见、两军对垒、刀枪剑戟的壮烈场面。

老赵还绘声绘色地为我们讲述了当地的金简文化、龙王文化、地质文化和隐士文化，好客的大娘给我们送来了热气腾腾的开水和面条。喝着那滚烫甘醇的山泉水，品尝着老人家做的香气宜人、味美可口的饭菜，感觉就像进入了神话中的仙境一般。

从谈话中我们得知，老赵是1996年来山上护林的。他二十多年如一日，长年累月在此封山禁伐、看护山林，经历了无数个寒来暑往，历经了千难万苦、风霜雪雨，坚守着嵩山北部这片座寂静的山林，履行着一名基层护林员的神圣职责。

老赵还带我们前去参观了玉皇庙和王母殿。殿前 5 米处是一棵大橿树，它生长在悬崖边上，东部、北部临崖。据唐庄乡乡志记载：古橿树高约 10 米，胸围有 6 米左右，躯干粗壮，树冠巨大，遮底面积约半亩。据说在春夏季节它就像一把巨伞一样铺天盖地，来自四面八方的游人们围坐在树下开怀畅谈、说古论今、乘风纳凉，好不惬意。相传这棵古橿树还是战国时期周公旦在门头寨排兵布阵时栽下的，距今约有 3000 年的历史了。

　　走近一看，一幅硕大的黄布将大树围得严严实实，几乎将整个树身罩住。那茂密多姿的树枝上挂满了象征着吉祥如意的红布条，红布条随风招展，妖娆多姿，几只略微有些泛白的大红灯笼也在风中尽情摇摆，高高的树梢上面还悬挂有两个大鸟巢，几只喜庆的喜鹊正在那里忙忙碌碌、进进出出。我围着大树转了一圈，初步估算树围约有两搂粗一些。黝黑粗壮的年轮昭示着岁月的沧桑，树根周围也没有太多生长的厚土和优越的生存环境，但是它却能够经风历雨、耐寒耐旱，吸纳天地之精华，收集阳光之润泽，蓄存自然界之灵气，绽放出晶莹剔透的新枝和芳华，进而成长为高山上的参天大树，我真心佩服这古橿树顽强不屈的生命意志。

　　下午，我们与老赵作别，沿着山脊小道下山。行至几十米后，我扭头回望，只见那棵大橿树依旧巍然屹立在悬崖上，像一个高大挺拔的哨兵一样，威武雄壮地坚守着嵩山北麓这块险峻的阵地。

凤凰岭下竹叶青

相传，在远古时期的一年春天，一只巨大的金色凤凰从东方地平线上翩翩飞来，落在了嵩山地区五指岭南面的一座小山峰上。它也许是飞行的时间长了，需要停下来饮水解渴，或者是长途跋涉累了，需要休息一下，它将那美丽的身躯匍匐在小山顶之上，伸直了细长脖子，张开了尖利的嘴巴，尽情地吮吸着从半山腰上龙头嘴里汩汩冒出来的清澈山泉水。那五彩斑斓的漂亮羽毛、丰满健硕的美丽身躯、七彩锦绣的彩色羽翼、悦耳动听的声声鸣叫、熠熠闪光的彩金尾羽、红彤彤的华丽翎羽、金光灿灿的美丽凤冠和完美无瑕的优美身姿，都显示出鸟中之王的尊贵和威仪。

凤凰一路飞来，栖息在了这片树高千尺、林木苍翠、莺歌燕舞、鸟语花香的秀美山峰上，接踵而至的是一群群活泼可爱的天空飞鸟和野生动物。所有的生灵都紧紧地环绕着这只美丽的金凤凰，在这清净典雅、环境优美的山间盆地里形成了一幅清新雅致、自然和谐的优美画面。

恰在此时，玉皇大帝带领众位大仙下凡巡视，这美妙动人的情景立刻惊动了这位开明的天主，他用手指轻轻一点，就将这幅美景丽图永远定格在了这个山清水秀、阳光明媚、群山环抱、美丽富饶的地方。久而久之，这座山峰就有了凤凰山的美称了。

在登封市唐庄镇东北部的凤凰山下，有一个溪水潺潺、杨柳依依、竹叶青青、绿草茵茵的小村庄，名叫竹园。它北依威武雄壮的凤凰山，西邻井湾村土观岭，东接高家沟岭，南迎玉台岭。一条源自五指岭山涧的双洎河，就像一条银光闪闪的玉带一样缠绕着美丽的竹园村，那波光粼粼、清澈见底的溪水缓缓从村南流过，经过玉台、马河等村注入了新密市的大水缸——李湾水库。

这个村为什么叫作竹园村呢？据《竹园村志之竹竿园志》记载，明朝正德年间，甄姓先人与郭姓先人联合在南园开垦荒地，并共同在这块荒地边上的低洼地带种植了几亩竹子，由于这里水源充足、气候湿润、土地肥沃、光线充足，并且有北山依靠、背风朝阳等适合竹子生长的自然环境，竹子不但枝繁叶茂、茁壮成长，而且还四处疯长，时间长了，竹子就把这块肥沃的土地全部占领了，并在周围形成了一大片郁郁葱葱的竹林。

茂密旺盛的竹林也引来了寻找居所的村民，勤劳质朴的村民们在这片藏风聚气、欣欣向荣的地方男耕女织、饲养家禽、放牧牛羊、繁衍生息，经过了五百多年的辛勤劳作、开拓发展，原先只有两户人家的小村庄，逐渐发展成了一个人丁兴旺、五谷丰登的富裕村庄。由于村子里一年四季竹叶青翠，人们就称之为竹园村。

　　沿着豫 S235 公路由登封市卢店办事处、唐庄镇径直向北行至营西村段，再右转进入竹园至高家沟村道，跨过勺河流域的竹园村彩虹桥，直达竹园村。

　　在竹园村南路边的龙凤钓鱼台小院里，有一个河边大鱼塘。进入这座独院，只见那婀娜多姿的垂柳随风飘荡，尽情摇曳，冠盖如云的大杨树也跳起了欢快的舞蹈，那片片杨叶相互拍打，清脆的声音响彻小院。院子南部有一片小竹林，那苍翠欲滴、威武挺拔的翠竹整齐地排列成队，风姿优雅地向游人们频频点头，热情地欢迎着前来观光的游客。

　　竹园村为了游人安全游园，就在池塘四周焊接了一圈不锈钢围栏，在太阳的照耀下，形成一道道银光闪闪的光环。清澈见底、波光粼粼的池子里碧波荡漾、鱼飞虾跳、风吹荷舞、柳丝点水，池子周围种满了月季花、百日红、海棠花和木槿花，那诱人花香沁人心扉、令人陶醉。

　　池塘中央漂浮着一株株形亭亭玉立的绝色莲花，那翠绿如伞、翡翠玉盘似的荷叶，那冰清玉洁、妩媚靓丽的粉、白、红争奇斗艳的荷花仙子，在绿叶碧水之中交相辉映，争奇斗艳；荷叶片上滚落的水珠在阳光下更加晶莹剔透、熠熠生辉；池塘堤岸上的绿树花丛之中，那蜂飞蝶舞、鸟语花香的美景，好不诱人。

　　院子西北角那一排排崭新的健身器材旁边，健身锻炼的老人们正在手脚并用、挥汗如雨，那杨柳依依的树荫下，一群神采飞扬的老人们正围在石桌旁，聚精会神观看两阵对弈。他们唇枪舌剑地争论，神态自如地布局，精益求精地策划，有条不紊地设防，在偌大的院子上空，飘荡着一阵阵欢声笑语。

走出钓鱼台，顺着水泥路进入村子的南北主街道，道路东西两边都是各家各户的住宅。竹园村有 3 个生产组，156 户村民，共 683 口人都集中在这个宁静的小山村里。

村子东边的几家民居大门前，连片种植了一排排枝叶繁茂的竹子，清风吹拂，竹叶婆娑，如同一个个苗条少女正在舞台上展示着华丽霓裳，那枝动叶颤、轻歌曼舞，展现出了竹林的清幽意境。

经过了村委会那四季常青的大院，前进 200 米左右，路西边上有一棵树龄 800 年左右的古槐树。茂盛的枝叶、龇牙咧嘴的树干、腐朽的树洞、裸露的树根、粗壮的身躯，昭示了这棵老槐树的沧桑岁月和千年历史。可以想象，栖居在竹园村这块风水宝地上的先人们，祖祖辈辈有多少人受到了这棵古槐树的荫育和庇护，又有多少人为了这棵古槐树的茁壮成长和健康长寿付出过辛勤的汗水和心血！这棵老槐树见证了竹园村 500 多年的风云变幻与蹉跎岁月，竹园人以它为荣，因它而傲。

再向北走 100 多米，便偶遇了郭家大院门口的那棵老槐树。经竹园村先人们的精心栽培、用心呵护，古槐树才经住了 300 多年人世间的寒来暑往和风吹雨打。

沿着老槐树东面的小路开始向北登山，崎岖不平的羊肠小道直通北坡坡顶，一块巨大的连山石头矗立在坡顶，就像一堵威风凛凛的墙壁一样横亘在山坡的西南部，与北部那巍峨雄壮的凤凰山鼎立相对。那威武的凤凰山就像一座卧佛仰卧在一个巨大的罗圈椅子里面，头枕着高耸入云的五指岭，足蹬着宽阔的玉台岭，为竹园村及其邻近的村子呼风唤雨、普降甘霖、纳祥接福，保佑村民们五谷丰登、人丁兴旺、幸福生活。

顺着荆棘丛生、布满蒿草的林间小路向北继续前进，一路上，清风扑面、树颤枝摇，仿佛置身于一处柳暗花明、山明景秀的桃花源，那清爽迷人、心旷神怡的林间美景确实令人如醉如痴、陶醉不已。

在那片苍翠茂密的丛林之中，一群麻雀栖落枝头，一只狡兔深没草丛跳跃纵横，狡黠的松鼠狐疑观望、窜来窜去，一对喜鹊傲立枝头、琴瑟和鸣，两只锦鸡昂首挺立、相携相伴，一群大雁齐头并进、自由翱翔，在这片偌大的森林王国里，到处都是草长莺飞、热闹非凡、歌舞升平的欢乐景象。

凤凰山的山峰不高，更不陡峭，由于近些年干旱少雨，山坡上的植被不甚良好，有些背风潮湿的地方，树木密植，荆棘旺盛，有些土薄石厚的地方草木稀疏，虽经村民们多年补植，但还是效果不佳、难以成林。

从凤凰山整体的自然风景和周围的生态环境上来看，它就是一座巍峨雄壮、树木苍翠、藏风聚气、环境幽美、别具特色的神山。

走进凤凰山，踏入竹园村，来到这山川秀丽、清新幽静的人间桃花源，你一定会不虚此行，留下一段难以忘怀的美好记忆。

雨中寻访少室仙谷

　　"五一"假期的一个雨天上午，春意盎然，细雨绵绵，清爽怡人，我们相约到嵩山西部的少室山谷游玩。

　　汽车沿着水泥铺就的林荫小道缓缓行驶，道路两边那郁郁葱葱的行道树正随风摇曳，霎时间就被甩在了后面；路边花池那一株株姹紫嫣红的月季花迎风飘舞，清风携来一缕缕诱人的清香；远处沟壑上那一棵棵粗壮的泡桐树上，挂满了一串串紫里透红的小灯笼，在绿波中左右摇摆着，跳跃着优美的舞姿；道路两边的沙土地上，一簇簇头顶晶莹露珠的青草，正以昂扬向上的姿态，尽情舒展，四处蔓延，精神抖擞地迎接远道而来的客人。苍茫葱茏的原野正张开它那宽阔的胸怀，拥抱着五彩缤纷的春天。

　　小汽车缓缓行驶，一路上走村串寨，行乡道，过阡陌，蹚溪水，穿林海，跨草地，翻壕沟，爬高坡，风驰电掣地向少室山谷方向前进。

大约行驶了半小时，我们就来到了少室山下一处层峦叠嶂、沟壑纵横的神秘山谷，嵩山七十二寺院之一的少室寺就坐落在附近。我们透过那斑驳陆离的枝叶向东南方向望去，只见深山密林之中，隐隐约约有一座红砖绿瓦、金碧辉煌的寺院。

　　极目远眺，只见山谷中有云雾缭绕，有流水潺潺的林间小溪，有怪石嶙峋、叠石为山的石族部落，有安如磐石、形态万千的嵯峨巨石，有遮天蔽日、高大挺拔的参天大树，有盘根错节、相互缠绕的荆棘圪针，有芳草萋萋、杨柳依依的河谷，有漫山遍野、四处疯长的蒿草，有山花烂漫、草长莺飞的山坡，有绿荫如盖、枝繁叶茂的核桃树园，有根深叶茂、枝条妖娆的石榴园，有苍翠欲滴、绿影婆娑的竹林……进入了这个山清水秀、清新幽静、万木葱茏、绿树成荫、瀑飞泉鸣、喜鹊欢唱的神秘山谷，就像到了东晋田园派诗祖陶渊明大师的《桃花源记》中描绘的那鲜有人知的人间仙境。纵情徜徉在青山秀水、绮丽幽境之中，这种妙不可言的快乐感觉，就好像喝了一杯纯净甘醇的蜂蜜茶一样，甜津津、美滋滋。

　　顺着狭窄、湿滑的峡谷，由北朝南向下游走去，微风中飘散着毛毛细雨，虽然淋不湿衣裳，但打湿的河卵石极为光滑，我们几个朋友只能相互搀扶着前进。雨水淋湿了我的头发，顺着头顶直往下淌水，我情不自禁地用右手擦了一把脸，脚下一滑，身子就打了一个趔趄，要不是朋友急忙扶了一把，我就摔个仰八叉，好险啊！

雨还在淅淅沥沥地下着，脚下的土路泥泞、顽石光滑，河道两岸的荆棘丛生，河谷中的卵石遍地，道路坎坷、行走困难，我们依然肩并肩、手拉手，步履艰难地穿行在幽静寂寥的峡谷之中。

转过了一道弯，峡谷一下子变得开阔起来，我们依然小心翼翼地攀枝援条，蹒跚而行。跳过几块石头，蹚过几处积水，我们来到了一片连山巨石铺底的地方。看！这块连山巨石上竟雕刻有"茶道源"几个大字！清清的溪水顺着巨石一侧缓缓流淌，流向了幽深的远方。瞧！那边河堤的大石头右侧刻有几个鲜红的大字，走近一看，"茶仙泉"三个大字，醒目大方、苍劲有力，落款是"徐志敏题"。在这块大石头的左侧，徐志敏先生还用隶书题有一首诗呢！仔细阅读，不禁内心大悦，感慨万千！

七碗茶喉吻润，
破孤闷搜枯肠。
发轻汗肌骨清，
通仙灵清风生。

这是唐朝大诗人、著名茶仙卢仝在河南沁园的桃花泉所赋的茶歌。寥寥几句，道出了作者约上几位知己，来到仙谷幽境临风品茶听泉，共同惬意畅谈的真实感受。不仅是满足口腹之欲，更是结合挚友韩愈的"韩茶"之"竹串子茶"的药理，将新竹的药效溶入其中，制成别具一格的"卢茶"，既醒神益体、净化灵魂，又激发文思、凝聚万象，他将喝茶品茶上升到了一种不计世俗、抛却名利、忘记烦忧、羽化登仙的美妙意境，岂不美哉、乐哉？

徐志敏先生是何许人也？他来此地的目的是什么？他为什么要在此处题书吟诗？咱一时半会也调查不清楚，但从他那笔酣墨饱、刚劲有力的书法来看，他也不是一个普通的人，肯定是一个身怀绝技、深藏不露的人物，再从这首诗来看，徐志敏先生就是从唐代大诗人卢仝的《七碗茶歌》古诗中合并而成的，可能是他需要雕刻的版面有限，不得已而为之吧。

一条清澈见底的涓涓溪流，顺着石板铺成的河谷向南匆匆流去，突然，一块巨大的连山石拦住了水流，乖巧玲珑的溪水不得不绕道而行，顺着低洼处向下倾泻。在这块宽阔平坦的石头下面，是一个深约 5 米的小水潭。溪水从高空纷纷扬扬落下，形成了一道天然的大雨帘，那一道道银光闪闪的激流飞瀑，就像天女散花飞泻而下，落入了幽深的水潭中。震耳欲聋的流水声，回荡在寂静的山谷中。

翻下阶梯，迎面的山崖上有一块巨大的石壁，那灰底蓝色的"人祖石"三个大字映入了眼帘，在青枝绿叶、花红柳绿的环抱中，有一块象形巨石。那亲密拥抱的身躯、宽厚结实的臂膀、激情亲吻的男女头像，栩栩如生、惟妙惟肖，象征着人类之祖伏羲和女娲相亲相爱、繁衍生息的神秘传说。伏羲和女娲是否在这里筑过爱巢、幸福生活，无从考据，但这个具有神秘色彩的爱情故事却世世代代流传了下来。

蹚水过河，继续下行，我们驻足于一处清澈的水潭前，天上雨丝绵绵，潭中碧水涟涟，岸上杨柳飘拂，好一幅大自然春意盎然、和谐共生的优美景观！

　　凑近一看，徐志敏先生书写的"合婚石"镌刻在一块巨石上面，石面上慈眉善目的老人面孔，正仔细看着不远处那两块即将合为一体的巨石。更为神奇的是，两块巨石的中间竟然还夹着一块淡红色的石头，石头下面就是一汪碧水清潭，这种天造地设、珠联璧合的神秘造型，让人有了无限的遐想。

　　顺水而下，又遇两块巨石，左右矗立，石面上还雕刻有硕大的"禅""佛"两个大字。这两块形似石门的巨石，威风凛凛地把守在峡谷的两端，为这条神秘的人祖峡谷站岗放哨。看到这里，我不由自主地对这道神秘莫测的天然峡谷肃然起敬，滋生了一种崇拜之心和敬畏之意。

　　　　嵩山少室大峡谷，
　　　　层峦叠嶂奇石出。
　　　　溪水淙淙向南流，
　　　　峡谷清幽卵石路。
　　　　仙泉泡竹石当桌，
　　　　茶仙品茗观日出。
　　　　文朋师友来相聚，
　　　　高人书写千古书。

合婚石前定姻缘，

四方宾朋敬人祖。

有心之人来坐禅，

石板门上留禅佛。

潭幽水清树倒影，

绿叶翩翩来起舞。

山清水秀桃花源，

陶公醉酒桃花坞。

鲜为人知好地方，

欲做陶仙好去处。

初心不渝的嵩山人

在郑州市磴槽集团有限公司的大院里，人们经常会看到一位温文尔雅、气宇不凡的中年人，他时常在办公楼里四处查看、悠闲转悠，看似悠闲自在的他，内心里却在认真地思索、酝酿着公司的发展思路和整体规划，努力地践行着他终生不渝的初心和使命。

所到之处，他那和蔼可亲的态度、心平气和的语言，无微不至的关心、体贴入微的关怀，雷厉风行的作风、敢想敢干的胆略，深谋远虑的计划、审时度势的谋略，受到了广大干部职工的尊崇和敬佩，他那彬彬有礼、老练通达的言行举止，给企业员工留下了极其深刻的印象。

他，就是郑州市磴槽集团有限公司总经理袁占军（网名嵩山人）。袁占军出生在登封市大金店镇袁桥村，从小就受到袁氏家族良好家风的熏陶和教育，在小学到高中十余年的学习生涯中，他勤奋好学，尊敬老师，团结同学，热爱劳动，为人友善，学习成绩一直在班级里名列前茅。他尤其喜欢数学、物理、化学方面的课程，这几科的考试成绩总是位居前列，经常受到任课老师的表扬。一直是同学和老师眼中的三好学生，在初中毕业时，他以优异的成绩考入了登封一中。

在高中三年学习期间，他的成绩一直还是不错的，在班级里属于优等生。按他平常的学习成绩，如果高考发挥正常，考取个本科院校应该是没有一点问题的。但是，在高考冲刺阶段，他迷上了武侠小说，学习成绩严重下滑，加上当年的高考题目偏难，应届毕业生升学率极低等诸多不可抗拒的因素，结果他名落孙山。

按常理说，他应该再到学校复读一年，但因他自己的偏执及家庭等诸多原因，他没有进行复读，失去了到大学继续进修和深造的机会。这也是袁占军一生中最大的一件憾事吧！后来，因工作需要，他被公派到焦作煤校机电专业学习，又在他46岁之后，陆续到清华大学总裁班、长江商学院CEO班学习，并接连在北京大学、上海交大、苏州大学、深圳大学、大连理工大学、西南政法大学、耶鲁大学、麻省理工学院进行过短期培训，这也算是圆了袁占军青年时期的美梦吧！

青少年时期的袁占军，虽然没有考上大学，但通过其父母、大哥袁占国、二哥袁占欣、学校老师和亲戚朋友等的言传身教和潜移默化，学习和悟出了许多人生经验和生活哲理。

尤其是1990年大哥袁占国就任磴槽煤矿矿长以后，袁占军处于大哥的光环之下，他的工作和生活一直是得心应手、顺风顺意。

1985 年春天，袁占军到大金店乡经理部跟着二哥当售货员和业务员，负责经理部的日常收账、记账工作。看似轻松自在的职位，却得早出晚归、夜以继日地连轴转。他不辞辛苦，努力工作，后来又负责进货，经常辗转于汝州、巩县、汝阳等地，购进水泥、化肥、农药、农具、日杂等生活和生产用品，在大金店市场上销售。他在工作中任劳任怨、尽职尽责，为经理部的正常经营和盈利付出了应有的努力。谁知，一场无情的大火烧毁了他的创业之梦，一下子使他"回到了解放前"，他只得默默地回家待业。

不久后，他又经人介绍到大金店乡化工厂上班，担任财务出纳员，同时兼采购员，月初和月中要处理采购员业务，月底还要仔细记账和认真对账。在辛苦忙碌的日子里，他干着实实在在的基层工作，也经受了紧张生活与艰苦工作的考验和磨炼。

1987 年 2 月，袁占军到磴槽煤矿做了一名普通的平面电工。无论是维修机电设备、线路，还是缠电机，或是安装、更换电灯……无论大事小事，他都认认真真、一丝不苟，从来不会因事小而轻视慢待，在平凡的岗位上干着他分内的事情。

到了磴槽煤矿以后，袁占军一步一个脚印、一步一个台阶，铆足精神，砥砺前行。在此期间，他还干过一段时间的绞车工，头顶蓝天白云，脚踏苍茫大地，顶风逆雪，日夜轮换，奋战在磴槽煤矿的生产第一线。

从 1988 年 8 月开始，袁占军调任生产办公室副主任兼统计核算员，后来又担任了磴槽煤矿团委书记，此时才正式成为磴槽煤矿的一名中层干部。这一干就是四年多的时间，他置身于煤矿的管理中层，亲身体验了基层管理人员的艰辛和忙碌，积累了丰富的实战经验。

从1992年8月起，袁占军被调到登封县少林石材厂（后改为郑州市华汇石材有限公司）任副总经理，从初期的征地、奠基、建办公楼、盖车间直到投产运营，他一直坚守在施工现场，奋战在建设工地，坐镇在生产第一线，这一干就是八年时间。至此，袁占军不但由一名初出茅庐的毛头小伙变成了一位精力旺盛的中年汉子，而且经过企业经营工作的艰苦锤炼，逐渐形成了一套成熟的管理理念，变成了一名年富力强、阅历丰富的中高层领导干部。

1999年7月，袁占军根据工作安排，到石道乡金阳煤矿任经营副矿长。这是磴槽集团在石道乡整体购买的一家名叫卓业的私营煤矿。袁占军到任后，不但吃住在工地，而且很多事情都亲力亲为，为金阳煤矿改建、扩建、恢复生产的正常经营，以及2005年3月转卖给登封市石道乡财兴煤矿等方面的工作，付出了不懈的努力。

在袁占军和伙伴们经营金阳煤矿的同时，磴槽集团公司又收购了位于白坪乡的马池煤矿。袁占军与原班人马挺进马池，他分管物资供应和财务后勤工作，直到2009年又把马池煤矿整体转让。袁占军及其领导班子成员履职尽责，据理以争，通过一系列剑拔弩张、唇枪舌剑的辛苦谈判，确保了磴槽集团和广大企业员工的合法权益。

2004 年 3 月，袁占军从马池煤矿转战金岭煤矿，担任了金岭煤矿主管物资供应、财务后勤的副矿长，参与了金岭煤矿的行政管理工作。

不久后，磴槽集团又委派袁占军到颍阳镇颍岭振兴煤矿任矿长。这是集团在颍阳收购的一家私人煤矿，由于原管理者是外行，没有实际管理煤矿的经验，导致煤矿经营不善，只得拱手相让。磴槽集团紧接着又整合了邻近的几家小煤矿，统一命名为登封市金阳星煤矿。袁占军临危受命，他到任后，首先深入到广大干部职工中间，详细了解矿山经营的基本情况和民情民意，仔细勘察矿井的采掘、生产状况，在掌握了第一手资料后，他集思广益、采纳善言，形成一个完善的改革方案，并立即大刀阔斧地实行了配齐、配强领导班子，大胆使用能人和技术人才，划分岗位职责，制定各项规章制度，积极实施科学管理，实行奖惩激励措施，放权各基层单位等相应的有效措施。

他的各项政策出台后，极大地增强了广大干部职工干事创业的积极性和主动性，为颍岭振兴煤矿安全生产、产量翻番、效益增加、创先争优等奠定了良好基础。这次工作调整，也是袁占军初次得到主政一方、独当一面、大显身手的良好机会。他在颍岭振兴煤矿管理工作中的良好表现和经济效益，得到了磴槽集团有限公司高层的高度认可，这也为他日后主政磴槽集团总部奠定了良好基础。

通过 35 年来的韬光养晦、踔厉奋发、砥砺前行，袁占军在漫长的职业生涯中慢慢地成熟和成长起来，那些丰富而又传奇的工作经历和职场历练，使他由一名普通的矿工人逐渐成长为郑州市磴槽集团有限公司的总经理。

在大哥袁占国的精心培育和栽培下，袁占军不但学到了一系列企业经营和企业管理正确的知识，还耳闻目睹了为人处世、待人接物和领导风范。他从大哥的一言一行和日常生活中悟出了许多先进经验和惨痛教训，并逐渐探索出了一套符合自己实际情况的工作生活模式，走出了一条适合自己发展的人生之路。

在外人眼里，有了大哥袁占国的贴心照顾和手把手教导，袁占军的人生道路应该是一帆风顺、万事顺意的。实际上，他在自己成长的过程中，也是一路跌跌撞撞、蹒跚而行，既有平坦道路，也有困难险阻，还有风吹雨打，更有惊涛骇浪……那苦辣酸甜、喜忧参半的从业经历，曲曲折折、坎坎坷坷的艰辛历程，其中滋味，外人是无论如何也体验不到的。

当然，大哥的用心指导和谆谆教诲，是袁占军前进道路上的航向标和指路明灯。大哥也是他策马扬鞭、砥砺奋进的领路人和导师。可以这样说，没有大哥的正确领导，就没有袁占军今天的辉煌成就。在袁占军的内心深处，大哥永远都是他尊崇的启蒙老师和敬爱的兄长。

2005 年 4 月，袁占军成为改制后的磴槽集团有限公司的董事会成员，后来又当上了磴槽集团的总经理，扛起了"磴槽集团"发展壮大的旗帜。他带领广大企业干部职工，借祖国改革开放的春风和党中央的一系列富民政策，在市场经济的浪潮中乘风破浪、勇往直前，使磴槽集团成了河南乃至全国的明星企业，成了郑州地区有名的利税大户。

袁占军在接任磴槽集团有限公司总经理一职后，首先在集团内部开展了"精管理、促创新、增效益"等提质增效活动，建立了集团公司人才库和微信平台，加大了企业品牌文化建设，有效地提高了企业的软实力，使磴槽集团所属企业的整体管理水平得到了大幅度提升。接着，他又在企业内部开展了"赢在互联网思维"活动，这也是磴槽集团自1996年成立以来首次开展这类活动，是促进职工改变思维方式的一次重大举措。

通过他的大胆改革和"精益管理"，磴槽集团的产值、利润是一年一个新步伐、一年一个新台阶，犹如芝麻开花节节高。近些年来，磴槽集团相继被河南省委省政府授予"河南省优秀非公有制企业"（行业领军型）、中国煤炭行业100强企业、全国民营煤矿数十年标杆企业、河南省百强企业等光荣称号。袁占军本人也荣获了"郑州市转型创新杰出企业家""郑州市五一劳动奖章和劳动模范""河南省劳动模范"等殊荣。

磴槽集团在长达50年的经营和发展过程中，一直遵循以绿色、环保为主的企业生存理念，以"绿色、生态、低碳、环保"为根本宗旨，强力推进企业"绿化、靓化、净化、美化"四化工程，努力打造全国一流的绿色环保型企业。

袁占军领导下的磴槽集团非常注重新科学技术产业发展，"河南克莱威纳米碳材料有限公司"的顺利投资生产及产生的良好经济效益，就是他高度重视研发高科技产品的具体表现。2021—2022年，"河南克莱威纳米碳材料有限公司"实现了销售收入大满贯，并成功地进入了郑州市规上企业库。

袁占军及磴槽集团还积极投身社会公益事业。多年来，他们捐资数百万，连续对登封及相邻地区的数千名贫困学子开展了金秋助学活动，帮他们解除了考入大学后生活费和学费的后顾之忧。2015年，袁氏三兄弟致富不忘乡邻，拿出巨资回报乡亲，共同出资成立了登封市慈善总会袁桥慈善工作站，为袁桥村65岁以上的老人每月固定发放养老金补助，帮他们安度晚年，并及时救助因大病、大灾需要临时救助的贫困户和贫困人员，受到了全村乡亲们的一致称赞。

2016年以来，袁氏三兄弟为帮助袁桥村父老乡亲们脱贫致富奔小康，连续投资2亿多元，将生态环境优美、历史文化厚重的家乡，建造成了一个集观光旅游、休闲度假、田园农耕、康身健体于一体的乡村原生态体验基地，并为袁桥村及邻近村的村民提供了1000余人的劳动就业岗位，使他们在家乡就找到了满意的工作。目前，袁桥村以其崭新的风姿和古老的风韵，赢得了来自四面八方数以万计游客的青睐和光顾，这个昔日名不见经传的古老村落，一不留神就成了中原地区著名的网红打卡地。

作为郑州市人大代表和磴槽集团的总经理的袁占军，在一次接受电视台记者采访时，曾豪迈地说道："磴槽集团作为一家有着50年发展历史的民营企业，一路艰辛地走来，亲眼见证了中国改革开放的全部过程。我们的企业能够在'百舸争流千帆竞，借海扬帆奋者先'的环境中成功，唯一的经验就是：听党话、跟党走、对党忠诚，积极工作，坚持走绿色、科学、环保、发展道路，让每一位企业员工和村民都能以主人翁的身份，积极参与到企业经营和袁桥村古村落的长远发展中来，把磴槽集团打造成一家百年名企，建设成为一家快乐工作、快乐生活、共同发展、共同富裕、受人尊敬、健康长寿的幸福企业，这就是我们一贯坚持的初心和所要达到的终极目标！"

我家的饺子情

又到中秋节了，家人们又团聚在一起了。清早起来，爱人就宣布今天中午要吃顿饺子。

说起包饺子，我可是有一定的发言权的。青少年时期，我就经常帮母亲包饺子，多次干过择菜、洗菜、剁肉、剁萝卜馅、手拍面皮等辅助工作，偶尔也跟着母亲学包饺子，但手艺不精。当我跟着母亲干活时，她总是用一种慈祥的目光来鼓励我的行动，每每干完一些活计，我也总有一种自豪和满足的感觉。

结婚以后，我和爱人也爱吃饺子，也经常包饺子。深秋隆冬季节，吃顿萝卜大肉馅饺子，阳春盛夏时分，吃顿韭菜鸡蛋馅饺子，那可是最美不过的事情了。每当包饺子时，爱人总会拉上我一块干活，她主厨，我帮衬，她主管包饺子，我擀面皮，我干杂活，她写总结。

每次包饺子的时候，也是我和爱人交心、谈话之时，她高兴时，也曾经夸我贴心贴肺疼爱她，听话、懂事、有情调、爱做家务、会照顾孩子、对亲朋友善、对邻居和睦、对老人孝顺，这时，我在她的眼里就是一个完美的男人。当她心情不愉快的时候，我就是一个没用、成事低、本事小、脾气躁、不会哄人、刚愎自用的人，就是一个一无是处的人。仔细想一想，会感到十分无聊和可笑。这就是我们真实的家庭生活，吵吵闹闹半辈子，锅碗瓢勺交响曲。

光阴似箭，转眼间三十多年过去了，我们都老了。昔日年轻气盛的我，也变成了满面沧桑的老头子，当年青春靓丽的小媳妇，也变成了满头华发的老太太。两个儿子已长大成人，大儿子也已成家，乖孙子也将近三岁了。但生活还得过，饺子还得包，那么择菜、整馅、和面等光荣的任务就落在了我身上。虽说我也是老胳膊老腿，但也只能是硬着头皮、赤膊上阵了。

早饭后，我就在厨房忙活了，清洗萝卜，切成萝卜丝，蒸煮30分钟左右后捞出晾凉，用干净抹布包好，双手挤压脱水，手工剁碎，放在小盆里备用，再将葱、姜、蒜切成末，然后请爱人登台表演。她开火，热油后将葱、姜、蒜、花椒、茴香等香料倒入锅中，然后趁热倒入肉末、萝卜馅，拌匀制成新鲜的饺子馅。

在爱人炮制饺子馅的时候，我就开始和饺子面了。我先舀上两瓢面粉，放入面盆里，有序地兑入一小碗凉水，搅拌面糊，和成面团，放在案板上开始揉面。要将两瓢面粉和水揉成能包饺子的面团，还真不是一件容易的事。我铆足了劲，撸起了袖子，扎好了马步，开始是揉搓碎小面粒，集散成堆，积小成大，我不停地揉着、搓着，面粒由散变团，由小变大，由糙变细，由硬变韧。我干的是浑身发热、头上冒汗，脖子发酸、双臂发困，两脚发麻、双腿僵直……

爱人指导着我将大面团切开，用力揉搓小面团，揉好后，再将小面团揉搓在一起。越揉越润顺，越揉越坚韧，越揉越筋道，然后截成小面团后放在面盆里，盖上湿抹布慢慢醒面。

开始包饺子了，我首先将面团切成细长条，揉搓成圆棍状，切成小段，然后用擀面杖擀成面皮。爱人包饺子的手艺是精湛的，速度也是相当快的。我们夫唱妇随、配合默契，擀面皮与包饺子的节奏合拍，时间不长，一大排饺子就整齐地摆放在桌面上了。

正在我们俩同心合力包饺子时，儿媳妇带着小孙子回家来了。小孙子蹦蹦跳跳、欢呼雀跃地冲入厨房，叫着、吵着要学包饺子，我急忙扯下一小块面团递给了他。他拿着面团就跑到院里的石桌子旁边，像模像样地学着大人包饺子。他紧张地包着、圆着，坏了就重新再包，手上、身上、衣服上、头发上到处都沾满了面粉，就像一只化了妆的小猴子一样在那里手忙脚乱、憨态百出。他时而聚精会神，时而顽皮淘气，时而默默无语，时而大喊大叫，望着滑稽可笑、天真可爱的小精灵，我们全家人不由得开怀大笑。

吃着肉香四溢的饺子，看着喜笑颜开、其乐融融的家人，我顿时忘记了平日里的工作繁忙和生活纷扰，仿佛置身于一个山清水秀、鸟语花香、与世无争的世外桃源里。

我醉了，全家人都笑了。

回家过年

　　冬天再冷，路途再远，也阻挡不住亲人回家的脚步，不管多累多远，都要回家过年。

　　每个人都有自己的家，人人都会回家，家是每一个人温馨的港湾和温暖的摇篮，漂泊他乡的游子更是盼望回家，回家过年是他们的夙愿。

　　又到了农历腊月二十，远在湖南长沙的小儿子打回了电话，咨询郑州地区疫情防控的有关情况，以及回家前要做些什么准备工作。我俩相互交换了所在地区的相关规定后，小儿子决定按照规定在年三十返家。

　　小儿子从2013年到外地读研究生，2016年上班，不知不觉已经九个年头了，每到春节前夕，我们全家人就数星星、盼月亮，期盼着儿子回家过年。家人们能欢聚在一起，共享节日的喜悦和快乐，这就是人生最大的幸福。

小儿子在读研时春节放假早些，腊月二十左右也就回来了，自从上班以后，往往要到大年三十才能到家，回家后，他的大部分时间就是待在家里，偶尔有几次同学聚会，玩耍之余，他们也会在外吃饭（吃饭都是 AA 制）。他们几个伙伴会刻意把登封的名小吃，诸如烩面、刀削面、拉面、卤面、水饺等品尝一遍，解解嘴馋，饱饱口福。

　　在家里，小儿子通常会和小孙子玩耍。他会带小家伙骑单车、捉迷藏、玩游戏、叠方木、讲故事、背唐诗等，沉浸在孩童时代的乐趣之中。他也会挽起袖子，积极帮妈妈择菜、洗菜、刷碗、扫地、抹桌子、叠被子、洗衣服、拖地板。在厨房里，他们娘俩有说有笑，谈笑风生，情绪高昂时，会传出一阵阵嘻嘻哈哈的欢声笑语，悄无声息时，就是他们在默默无语认真地做着家务。外出时，他们会手拉着手、肩并着肩，小儿子一直在路中间走，时刻关注着过往的车辆和来来往往的人流，护卫着他的妈妈。在过马路或上下台阶时，他也会善意提醒或搀扶着母亲，望着两人那洋溢着幸福甜蜜的笑脸，我也由衷地感到欣慰和高兴。

　　在除夕之夜包饺子时，小儿子会在他妈妈旁乖乖地边擀着面皮。他那全神贯注的神态、一丝不苟的动作，使他能擀出大小合适的面片、厚薄均匀的杰作。有时，他还会像模像样地亲自包上几个饺子。他和妈妈配合默契、亲密无间，虽说他的手上、脸上、头发上、胳膊上、衣服上均布满了面粉，但他就像一位正在舞台上演出的演员一样一丝不苟。吃着可口的饺子，就着醇香的茶酒，谈着和谐的话题，看着开心的春晚，一家人谈笑风生、其乐融融。

大年初一，我们全家相携相伴一起外出，兴致勃勃地参观了嵩山待仙沟的一个小山村。顶着蓝天，迎着艳阳，乘着微风，迈着劲步，踏着醒土，走着山道，踩着石子，扯着枝梢，拨着荆棘，我们一路观看着苍莽的山林，呼吸着新鲜的空气，闻着初春泥土的芳香，参观着古香古色的建筑物，欣赏着雕龙画凤的门窗，浏览着别具一格的五脊六兽，大儿子、媳妇、小孙子在前面尽情地戏耍、欢呼雀跃，小儿子则不紧不慢地紧随其后，时而玩着手机，时而发出爽朗的笑声，正在自我陶醉，我只好携着老伴，迈着健步向村子里走去。

初二、初三、初四，一家人忙着串亲戚，我正月初五在单位值了一天班，初六上午回到家陪小儿子聊了一会天，午饭后，就送小儿子去了车站。匆匆地返乡，急急地远行，短短的七天假期，就这样过去了，望着小儿子远去的背影，我情不自禁地流下了无奈的泪水。

皮冻好吃骨难挑

　　每逢过年我家必熬皮冻。皮冻是家人们的至爱，熬皮冻则是我的专责。

　　又到了腊月二十九日，寒冷的大地上到处都呈现出一派喜气洋洋的过节气氛，爱人也早就张罗着购买了六只猪蹄、三斤猪皮，并提前将其用清水浸泡了多时。今年的猪肉涨价了，往年花几十元就能买齐的猪杂碎，今年花了二百多元。

　　下班回家后，我先将浸泡好了的猪蹄、猪皮清洗干净，然后开始拔猪毛。拔猪毛可是个细活儿，可要仔细认真。猪蹄上的沟沟缝缝都有可能隐藏不显眼的猪毛，黑猪毛容易被发现，若是遇见了白猪毛，发现它就有些难度了，如果有遗漏，就可能有"皮冻吃起来味道很美，就是有些扎嘴"的感觉了。我极力睁大老花眼，就着灯光仔细地搜索着猪蹄、猪皮上的每一个角落，全神贯注地用镊子拔着，用烧热的锅铲烙着，唯恐稍有疏忽，就会造成家人们的口感不适。新春佳节之际，我可不想干些出力不讨好的事情。

我将猪蹄、猪皮放入盛满开水的大锅里，仔仔细细地过了一次水，将带有漂浮物的脏水倒掉，趁热把猪皮切成碎块，又换上了清水，用大火开始熬煮，配以一定数量的辣椒、大蒜、白萝卜片、红枣、青菜梗，并将花椒、茴香、八角、桂皮、丁香大料用稀布包好，放入锅中煮沸。在熬制之中，我小心翼翼地搅动着肉皮，防止其粘锅，熬至1小时左右，就将大料和其他佐料捞出，继续熬煮并不断地翻搅……

约莫2小时后，猪蹄在锅中渐渐地露出了一小节白骨，而后又露出了一大截，白骨面积在逐步扩大，老汤也越来越浓。等到大部分猪皮都脱离骨头，猪蹄的各个关节部分也慢慢分离，到了该捞出骨头的时候了。我一只手紧握漏勺，另一只手持着筷子，瞪大双眼仔细搜索着肉汤里的大小骨头。大骨头很快就捞完了，捞小骨头就没那么容易了，一块、两块、三块……哎呀呀，竟然还有这么多块骨头深深地隐藏在肉皮里！那黏糊糊的肉皮紧紧地包裹着小碎骨头，无论怎样用筷子挑也挑不出来。4个多小时过去了，老汤愈熬愈稠，骨头也全都露了出来。

在我家厨房那狭小的空间里，在弥漫的热气中，头脑的昏沉、胳膊的酸疼、老寒腿的僵硬和深度的困意都不约而同地向我袭来，深情地拥抱了我那可怜的躯体。真是应了那句俗语，"樱桃好吃熟难摘，皮冻好吃骨难挑"呀。光挑骨头就费了我将近一小时的工夫呀！

骨头完全挑出来后，我又将还带有些许肉皮的骨头放在另一个小锅里，加上沸水，再进行熬煮，直到肉骨完全分离开来，脱肉的骨头呈现出白森森的状态时，我才将肉汤倒入老汤锅里搅匀，并加入一定比例的老抽和食盐，继续文火熬制成浓汤……夜深了，家人们都已进入了梦乡，筋疲力尽、头昏脑涨的我只好停止了作业，将盛有老汤的大锅放置在院里冷却。

翌日清晨，我掀开锅盖，冷却后的老汤锅上面，浮起了一层厚厚的油脂，我用勺子轻轻地刮起那层油脂，锅里立刻显现出酱紫色、亮晶晶、中间夹有肉皮的固体结晶，用手指轻轻一戳，表面还有些软，我立马打开灶火又开始熬煮，并不停地搅和。经过了如此三次长时间熬煮和仔细刮油脂的历程，正月初一的早晨，一大盆晶莹透亮的自制皮冻就新鲜出炉了。

看着家人们津津有味地品尝着色香味俱全的自制皮冻，我那颗忐忑不安的心终于平静了。

我家有孙初长成

2016年11月26日上午9点钟左右，正在杭州机场候机准备返家的我，突然接到了一个天大的喜讯，儿媳妇临产进医院了。闻讯后，我满心欢喜，高兴万分，我情不自禁地绕着巨大的候机大厅转了好几圈，美滋滋地边走边哼着愉快的小曲，不仅心花怒放，而且喜形于色，惹得几位路人都惊奇地朝我多瞅了几眼。同伴也惊诧看着喜不自胜的我，悄悄地问："哥，中大奖了？"我对着他兴奋地说道："我要当爷爷了。"

下午2点钟，我不顾舟车劳顿，兴高采烈地赶到了登封市第二人民医院，儿媳妇已经进产房候产了，爱人、儿子及几位亲朋好友均在医院大厅里等候。爱人看到我，十分高兴，唠唠叨叨地向我介绍情况。儿媳妇已经进产房一个多小时了，大家都带着期盼、欣喜的心情在静静地等候着，下午3时36分，娇孙诞生了。

爱的天使、美丽动人的护士把6斤6两重的宝贝孙子推到我们面前，只见他有着圆圆、红红的脸蛋，娇嫩的皮肤，正眯缝着小眼睛，小嘴不停地蠕动着。终于，一声清脆悦耳的啼哭声打破了焦虑的氛围，宝宝哭出来了，大家都乐了。

七天后，儿媳怀抱娇孙回到了家中，为了儿媳妇和孙子顺利安康，我们特意聘请了一位资深月嫂帮忙。爱人、月嫂在月子里尽心尽力、精心照料、细心呵护，儿媳妇、孙子精神甚佳，身体康健，宝贝孙子就像是水泡豆芽一样健康生长，眨眼间就变得白嫩嫩、红嘟嘟、胖墩墩，帅气十足，就好像是一个熟透了的红苹果。

在娇孙诞生前后，我们全家人都在张罗着为他起名，因为诸多原因，一直没有形成统一意见。偶然的机缘，我遇到一位良友，他热情豪爽、知识渊博，经过他的认真考虑、仔细斟酌，小孙子最后定名为陈儒林，寓意"嵩山腹地林密叶茂，嵩阳书院儒学圣地"，希望他饱读诗书、励志成才。

小孙子乖巧玲珑、聪明伶俐、活泼可爱，他从小就爱笑，见人逗，他就咯咯咯笑个不停，非常讨人喜欢。他也从来不会认生，街坊邻居、亲朋好友见面都爱抱抱他、逗逗他、亲亲他，他就在大家的万般呵护下健康成长，慢慢长大。

他刚学会叫妈妈、爸爸时，儿子、儿媳妇欢呼雀跃，自豪之情溢于言表，学会叫奶奶、爷爷时，爱人老泪纵横、欣喜若狂，我也是高兴万分、满心欢喜。就属叔叔叫得晚，当他含糊不清地叫"福福"时，只把春节返家休假的他二叔美得哈哈大笑，屁颠屁颠地直接将小家伙高高地举在头顶，在院子里连转了好几圈。

孙子六个月后，儿媳妇要去登封六中（大冶镇）上班教书了，爱人只得前去带孩子；每星期一到两次，我得开车去见孙子，老伴和我也成了牛郎织女。

　　三伏盛夏，我们在闷热的小屋里做饭，汗流浃背、湿透衣衫。上午在西墙边推孙子转悠、学步，下午在东墙下教孙子学说话、纳凉，夜晚，手执扇子哄孙子洗漱、睡觉。隆冬寒月，日出时我们在东南墙南角下晒太阳，寒风呼号、雪压枝头时，我们在小屋里生火取暖。

　　酷暑严寒，见证着我们全家人抚养、教育孙子的苦心和热情，风吹雨打，挡不住我们照看孙子的脚步。尤其是我爱人，洗衣、做饭、带孩子，日夜操心、辛苦劳动，儿子、儿媳妇一方面要上班，另一方面还要照顾孩子。小孙子就在大家的精心照料下，在岁月中健康发育，在日出月升中茁壮成长。

　　2018年暑假后，儿媳妇调回登封市区工作了，我们全家人也恢复了正常的生活。我与儿子、儿媳妇正常上班，爱人白天在家做饭、洗衣、带孩子，媳妇夜晚搂孩子。要说带孩子，就数爱人、儿媳妇最辛苦，我们只是做了一些辅助工作。由于她们与孩子接触时间长，孩子就非常眷恋、依赖她们，只认她们，不愿让我们带。有时我和儿子会极力哄小家伙开心，逗他高兴，但他就是不领情。越长大他越精明，有时，我们想抱一抱他、推一推他，他都不让摸一下，甚至动一下小推车他都不愿意，真是无可奈何。

　　小孙子学会走路了，一步、两步，我们用衣带牵着、拉着他走，用推车推着他走。他摔倒了，我们鼓励他自己爬起来继续练，他摔疼了，嗷嗷大哭起来，我们就抱抱他、哄哄他。我们带他在武林公园里学步，在青草绿叶中游戏，在碧水蓝天下玩耍，在牡丹、樱花、月季、桂花丛中留影。春夏秋冬，风和日丽的日子里，我们就会带他在蓝天白云下闲逛，在鲜花烂漫中徜徉，在柳叶飘拂的武林湖畔逗留，春花秋月伴他长高，盛夏严冬助他长大。

小家伙也特别聪明，非常可爱。他见啥人说啥话，见年长者喊爷爷、奶奶，见年轻人叫叔叔、阿姨，见少年呼哥哥、姐姐，见幼儿则弟弟、妹妹叫得欢，只把大人叫得哈哈哈大笑，把年轻人叫得直刮他鼻子，小伙伴们都愿与他玩，街坊邻居见他直竖大拇指，亲朋好友夸他懂事、会说话，爷爷、奶奶脸上有面子，爸爸、妈妈脸上有光。

他也很滑稽，每当他妈妈在身边时，他就只黏着妈妈，他还会说赖话，说些爷爷坏、奶奶坏，踢爷爷、踢奶奶之类的坏话。一旦他妈妈不在场，他就只认奶奶好，爷爷、爸爸都是坏人，翻脸比翻书还快，真是个小精灵。我们家五个大人都想带他玩，但他将大人似乎也分成了三等九级，首选妈妈，次之奶奶，三则爸爸，四之叔叔，五等才是我这个不是十分称职的爷爷。由于我不经常带他玩，我成了名副其实的末等公民。

小孙子还有一项特异天赋，就是从刚刚懂事起，他就不但能认识人，还能认识车，每当带他走到我家汽车旁边，他一眼就能认出这是爸爸的车，并且保证不会认错，真是服了他的认知能力。

小孙子拥有一大批小汽车，在妈妈、奶奶的教育下，他从小就爱玩汽车。他能把几辆车组合起来，能组装，也能拆开。有时他把小汽车拆得七零八落、一片一片，轮胎卸掉了，方向盘拆除了，驾驶室里再装个小汽车。有时他把满屋子搞得全是小汽车的零配件，简直惨不忍睹。他还能让车左右排列，也能让车上下相叠，高兴时他主动邀请小伙伴们一块玩，贪玩时他不让任何人摸一下，他心爱的小车得日夜拿在手中，甚至在被窝里他也得拿着，不然就不睡觉。

　　小孙子从懂事起就养成了讲卫生的习惯，吃饭戴围兜，饭前、便后洗手，睡觉前洗脚刷牙，吃饭不捣乱，自己用勺子舀着或者自己端着吃。但闹起人来，他也是撒泼打滚，扯着嗓门大呼大叫，谁劝都不中，怎么哄、逗都不行，真真正正是一个淘气、有个性的小家伙。

　　随着小孙子渐渐长大，他的机灵、聪明、睿智、狡黠也显现出来，他经常给我们带来许多意料不到的惊喜、惊诧和害怕。他自己非常有主见，喜欢干的事就必须干，诱导、批评，甚至连巴掌他也不怕，就是执意要干；他不想干的事，无论你怎么哄也无济于事。有时，我想带他出去玩，他不愿去，我就给他许愿，买肉夹馍、烧饼、包子、小汽车，到公园坐碰碰车，他都无动于衷，毫不动摇，真是拿他没有办法。

　　当然，他的乖巧、顽皮、耍赖等也给我们的平常生活带来了许多欢乐和幸福。高兴时，他会坐在你腿上撒娇、耍赖，爷爷、爷爷叫得甜。他也会摸着我脸上的瘊子问个不休，把我的头摇得像拨浪鼓一样；他也会把小手伸进我的衣服里乱抓、乱挠，美其名曰给我挠痒；他也会用小手给我按摩、捶背；他也会含糊不清地背诵《三字经》和多首唐诗；他也会从 1 数到 20，真是爷爷的开心果。

偶尔，他也有对我友好的时候。有一天晚上，他和我一块坐在沙发上玩耍，玩兴正浓的他突然对我说："爷爷，我给你洗洗头、理理发吧。"说完，他让我躺在沙发上，用小手在我的头发上乱摸，然后又拿了一个瓶子，说是给我搓洗发膏，继续在我头上抹着、揉着，并且还正儿八经地问我，沫多不多，也给我用水冲了头发、洗了脸，最后还给我理了头发。看着他那郑重其事、小大人的样子，我在竭力配合他动作的同时，也很惊讶他滑稽的举止是在哪里学的。原来是几个月前，我曾经带他去理过发，他是在模仿理发师给我理发。最后他又让我给他理发，我又按照他的做法演习了一遍，他才肯罢休。真是神了，我可爱的乖孙子。

三年来，小孙子在全家人的倾情关爱和亲朋好友的浓浓爱意中，像一棵照耀、沐浴阳光，喜遇甘霖、雨露滋润的小树苗一样，在平常生活的风吹雨打中，绽蕾吐苞、枝繁叶茂、朝气蓬勃、快速生长。相信不远的将来，他也会上幼儿班、上小学、上中学、上大学、读研究生、读博士，他也会长大成人，他也会娶妻生子，他也会学业有成、事业进步。但愿他在党和政府的哺育下，在社会主义这个温暖的大家庭里，响应时代的召唤，顺应历史的潮流，接受时间的考验，百尺竿头更上一层楼，为祖国的伟大复兴做出应有的贡献。

小孙子呀，你快长大吧！

后　记

　　我一直都敬畏、崇尚文学，从小做过许多文学之梦，想在长大以后当一个满腹经纶、妙笔生花的作家。

　　在上小学期间，也许是受长辈们（父亲、叔叔、姑姑、舅舅）及兄长的影响吧，我酷爱读书，热爱写作，闲暇时间，正当伙伴们都在大街上推桶箍、打陀螺、打纸面包、斗鸡、放鞭炮、打仗、扯狼尾巴、跳绳、做游戏之时，我就坐在家里或教室里看书，阅读课外书籍。当时的课外读物不多，大部分是连环画和小人书，如《刘胡兰》《黄继光》《邱少云》《雷锋》《奇袭白虎团》《智取威虎山》《红灯记》等少儿漫画丛书，虽说这些书籍的文学艺术性不高，但是通俗易懂、老少咸宜，也培养了我爱好读书的好习惯。

　　20 世纪 70 年代中叶，我也曾瞒着家人，偷偷地看过长篇小说《艳阳天》。这是著名作家浩然所著的长篇小说，它反映的是

20 世纪 50 年代的农村生活。作者通过对京郊东山坞农业合作社里那一群农民朋友的人物描写，形象地昭示了社会主义永远是艳阳天的坚定信念。浩然老师作为仅仅上过小学的农村孩子，通过勤奋自学，潜心写作，最终成为全国闻名的作家，他在文学领域的光辉业绩，给我留下了极其深刻的印象。《艳阳天》启迪了我青少年时期的文学之梦，也为我日后进行文学创作点亮了航标灯。

《艳阳天》也是我人生中阅读的第一部长篇文学作品。当从同学手中借到这部小说后，我就如饥似渴、通宵达旦地阅读起来。那几天里，我不但白天抽空看，夜晚还借着家里的煤油灯光看（当时我独自居住一个房间）。至今我还清楚地记得，那时我利用了两个白天一个晚上的时间（整整熬完了一墨水瓶煤油）。尤其是那天晚上，我几乎没有躺下休息，才两眼通红、头昏脑涨地看完了这部长达 48 万字的长篇小说。

在青少年时期，我也曾懵懵懂懂地阅读过《三国演义》《西游记》《红楼梦》《水浒传》等历史名著，但由于年龄尚小、经历简单，阅历较浅，阅读这些历史名著，自己的理解能力仅限于文字表面，其中的内涵和深远意义就不得而知了。但不管怎样，我也算是较早地接触和阅读了中国历史上最有名的四大著作了。

在学校读书的同时，我也喜好从书中摘抄一些名言警句和经典段落。在高中毕业的时候，我就拥有了不低于十本的手抄本了。在高中学习期间，作为班干部的我，也曾拿着手抄本，无数次地带领同学们在自习课堂上朗读、摘抄、记录。因为热爱读书，我从小学一年级起就不怕写作文，每当老师布置作文作业时，有些同学经常是抓耳挠腮、难以下笔，而我却能够紧扣主题、随意发挥。为此，我的作文就经常被老师当作范文朗诵或点评，也经常受到任课老师的表扬和同学们的夸奖。

参加工作以后，由于工作繁忙，我几乎没有宽裕的时间来读书和写作，但我还是会利用有限的闲暇时间，来读一些自己喜欢的书籍，也会写一些豆腐块的文章或通讯报道向各种报纸杂志投稿，但大多是石沉大海，杳无音信，一旦有作品上刊，我就会欣喜若狂，高兴万分。

20世纪90年代初期，一次偶然的机缘，我与《河南新闻出版报》编辑部主任苏小蒙老师相识。苏老师以他那宽厚博大的胸怀、认真负责的态度，对我进行了苦口婆心的指导，不厌其烦的辅导。经过苏老师的正确指点，我的文学创作水平有了大幅度的提高，是苏老师指引我一步步走进了文学的殿堂。在此期间，我也时常有一些文学作品登报、上刊，这些微不足道的成绩，为我以后的文学创作奠定下了良好的基础。

近十多年来，尤其是父母相继离世后，我在悲痛万分之余，就想写一些回忆性的文章来纪念两位老人家，也勾起了萦绕在我心头的那股创作欲望。因此，我就从自己熟悉的老街、寨墙、老家、老屋、老树、老井、老树等入手，随着《我的父亲》《我的母亲》《大金店古镇纪事》《老院、老树、老井》《古寨墙根下的童年趣事》《大庙上学》等散文作品接连刊登和发表，更加激起了我勤奋读书、忘我创作的激情。我暗暗地下定决心，一定要沿着文学道路奋勇向前，为历史悠久的中华文明，为祖国的现代化建设事业创作出更多更优的文学作品。

在写了关于家乡、亲友的一些文章后，我又萌发了抒写美丽唐庄的想法，因为这里是我的第二个故乡，我在此地工作和生活了三十多年。这些年来，山清水秀的自然风光给予了我工作和生活的动力，历史悠久的厚重文化触发了我文学创作的灵感，勤劳善良的唐庄人民激励着我愉快工作和幸福生活，丰富多彩的人文景观和好人好事等为我提供了不可多得的创作素材。

在唐庄工作、生活期间，我经历了祖国各个发展时期的风风雨雨和沧桑巨变，这里的山山水水、一草一木、自然美景、人文景观、悠久历史、文化传承、风土人情、神秘传说、好人好事、能工巧匠、党员干部、乡贤模范，都令我由衷地佩服和敬仰，都值得我去纵情抒写、详细叙述，用心描绘和高度赞扬，更值得我去讴歌、赞颂和歌唱。为此，我情不自禁地拿起了手中的笔，走入大村小寨，走进千家万户，走进山水之间，走向父老乡亲……

2020 年 8 月，我的散文集《谁不说俺家乡好》（中原美丽乡村系列丛书）出版发行，被河南省阅读学会评为"2020 年度河南省全民阅读推荐书目"。这是一部专门为唐庄书写的散文集，共收集了我近些年来的 25 篇习作（共计 15 万字），充分展示了唐庄古镇特有的"汉唐风韵、山水唐庄"的自然风光和历史文化，为唐庄人民谱写了一曲"脱贫攻坚嘹亮战歌"和一幅"乡村振兴美丽画卷",也为我终生热爱的这片热土和尊崇的唐庄人民送上了一道文化盛宴。

2021年7月,时值中国共产党100年诞辰,我又组织了登封市近百名文友专门书写唐庄、彩绘唐庄、赞美唐庄,并形成了一部集散文、小说、诗歌、报告文学、书法作品等为一体的唐庄文友集。该书共收集了100多篇文学作品(共计30多万字),由"行走唐庄""歌唱唐庄""礼赞唐庄"三个部分组成,令人对自然之美充满渴望,对神秘的乡村充满向往,对诗和远方充满期待,使人仿佛回到了童年的老家,认真倾听着乡音,轻轻拨弄着那久违的乡思、乡情和乡愁。本书开启了乡镇文学创作的新模式,为唐庄人民庆祝中国共产党成立100周年献上了一份珍贵的厚礼。

在出了前两本文集后,我又根据几个文友和老师的建议,把长期以来创作、收集的散文作品归拢、整理了一下,汇集成了《泥清土香》这本散文集。无论是写景、写人、写事还是抒发情感,这些都是我亲近河流山川,深入田间地头,走进寻常人家,融入干部群众之中,贴近乡村生活的真实写照,也是我长期工作生活中的所见所闻、所思所想、喜怒哀乐、苦辣酸甜的真实体现。

《泥清土香》这本散文集也包含了我早年的一些不太成熟的作品和近些年的一些拙作,虽说这些文章还算不上精美,也不够完善,更不是精品佳作,但它确实倾注了我几十年的满腔热情和不懈努力,凝聚了辛勤的汗水和艰辛的劳动,更是我长期以来呕心沥血、潜心写作的结晶。

我是一个长期工作和生活在农村基层的乡土作家，我的身体中流淌着农家子弟那一腔滚烫热血，骨子里携带着农村人那善良朴实的内在本质，思想里蕴藏着农民那忠厚坦诚的意识。我的生活环境里到处都弥漫着乡村那清爽洁净的新鲜空气，我的字里行间都散发着广大农村田园农耕的生活气息和浓郁的泥清土香。今天我把它们一一精选出来，袒露在各位文友和广大读者面前，敬请各位老师、各位朋友给予中肯的批评和精心的指导，以便我今后更好地进行文学创作，写出更加接近地气、更加精良的文学作品。

　　我出版这本散文集，就是希望广大读者阅读以后，对党和政府在农业、农村、农民领域的各项富民政策有一个更广泛、更深入的认知和了解，更进一步地接近农村、走进农村、认识农村、了解农村和熟知农村，真正体味到美丽乡村那种原生态、简约、平凡、朴实的田园生活之魅力，让更多的人远离城镇的喧嚣和热闹，摒弃那种"安乐窝"一般的"温室"生活，走向一处"山重水复疑无路，柳暗花明又一村"的世外桃源，过上一种无忧无虑、超凡脱俗的神仙生活……

　　我的这本散文集，也是希望能使读者朋友由此触摸到伟大祖国日新月异、奔腾不息的时代脉搏，感受到社会主义制度的先进性和优越性，了解到党和政府在农村开展的脱贫攻坚、乡村振兴等伟大战役中所取得的丰硕成果和辉煌成就，体会到党和政府的富民政策给广大农民朋友带来的幸福和富裕生活，感受到广大农村的党员干部和人民群众团结一心、锐意进取，为改变农村落后面貌所付出的辛勤汗水和艰辛劳动……

在长期从事文学创作的过程中，我曾经得到了《河南日报》《河南日报农村版》《郑州日报》《郑州晚报》《河南工人日报》《河南经济报》《河南新闻出版报》《登封时讯》《中国时代报告》《时代报告》《奔流》《散文选刊》《参花》《西部散文选刊》《河南文学》《嵩山风》《新密文艺》等报刊的编辑老师、各级作家协会和学会的老师、单位领导和同事，以及众多文学艺术界领导和师友们的热心帮助和大力支持，在此，我一并表示衷心的感谢。

陈占超

2022 年 8 月于登封